JN196576

白洲正子と歩く琵琶湖

《江南編・カミと仏が融けあう処》

大沼芳幸 著

海青社

金勝寺にて

はじめに

随筆家〝白洲正子（1910〜1998）〟は近江を深く愛し、紀行文を中心とする作品の多くに、近江をとりあげた。なぜ、彼女は近江に魅せられたのか？　もはやそれは作品から読み解くしか術はないが、おそらく琵琶湖を中心とした近江の自然に宿る〝気配〟が彼女を惹きつけたのではないか、と思っている。自然の気配とは、〝自然に宿るカミ〟と言い換えた方が適切かもしれない。この自然信仰といっても良い彼女の感性は、西国巡礼により開花したと自ら語っている。**今はまったく地上から消えうせたように見える（日本の）神々が、観音様の衣のかげから、ふと顔をのぞかせることに驚いている**（西国巡礼：岩間寺）と、仏教の神の中に取り込まれながらも、したたかに日本人の精神（こころ）の中に生き続ける日本のカミの姿を印象深く綴った。

湖面に映る朝日

▲神の宿る三上山

白洲正子が、この自然信仰に目覚めたのは、1960年代前半、日本中が東京オリンピックの開催に沸き立ち、文明の力が、日本人が失ってはならない文化すら押し潰しつつあった時代である。この時、彼女は作品を通して、自然という日本の古いカミの姿を通して、文化を失うことに対する痛烈な警鐘を鳴らした。

そして現在、日本は成長と挫折を経験すると同時に、自然の猛威にもさらされ、文明の放つ力の危うさに気付いたかに見えた。しかし、再び過去と同じ喧騒が日本を包もうとしている。このような時代に白洲正子の作品は当時と同じ、いや、もっと大きなメッセージを日本に問いかけているように感じる。そして、現代に不安を懐き、人として本来あるべき姿を求める多くの人たちが、彼女の作品に反応し、その舞台となった近江の地を訪れている。幸い、近江の地には、彼女がその感性を涵養した時とほぼ変わらず、ゆったりと回帰しながら〝文化の時間〟が流れている。

本書は、白洲正子の作品と、近江の自然や風土から〝安らぎ〟と〝気づき〟を求めようとする方々との橋渡しをすることを目的に執筆した。よって、〝カミ〟〝仏〟〝自然〟〝暮し〟の視点から、彼女の作品に登場する場所および、関連する場所を取り上げ、筆者の感性を交え、ここに継承された文化について解説を加えた。テーマを絞っても近江の文化は深く、簡潔に解説しても大部となるため、江南編・江北編の2分冊とした。通常、近江は湖南・湖東・湖北・湖西に分けて紹介することが多い。しかし、文化は有機的に、しかも重層的に絡まりあいながら継承されてきたものであるから、地域を明確に区分することは困難であるし、さほど意味を持たない。よって、歴史的な南北境の表現である江南と江北にした。その境界は時代によって異なるが概ね、旧犬上郡・神崎郡・蒲生郡の辺りである。

この江南編では、自然に宿るカミの姿と、カミと仏が融合する姿を紹介する。江北編では、自然というカミに守られる暮らし、そして、仏の姿を纏った十一面観音、さらに、琵琶湖に集う水を祀る祭場等について紹介する予定である。

本書が、自然と共に生きる人間、いや、自然に生かされている人間という、当たり前の姿を見直すきっかけとなれば幸いである。

▲比叡の木漏れ日

白洲正子 オンラインガイドマップ

JR琵琶湖線 沿線

1. 岩間寺 (A6) p.74
2. 富川磨崖仏 (B7) p.122
3. 三上山 (B6) p.29
4. 長命寺 (C5) p.86
5. 奥島山 (C5) p.25
6. 伊崎寺 (C4) p.70
7. 龍王寺 (C5) p.108
8. 御澤神社 (C5) p.111
9. 桑實寺 (C5) p.99
10. 奥石神社 (C5) p.94
11. 石馬寺 (C5) p.95
12. 観音正寺 (C5) p.91
13. 西明寺 (D4) p.103

JR草津線 沿線

14. 大野神社 (B6) p.128
15. 金胎寺 (B6) p.129
16. 金勝寺 (B6) p.130
17. 狛坂磨崖仏 (B6) p.131
18. 廃少菩提寺 (C6) p.148
19. 善水寺 (C6) p.136
20. 岩根不動寺・磨崖仏 (C6) p.136
21. 飯道山 (C6) p.33
22. 息障寺 (C7) p.139

近江鉄道 沿線

23. 油日神社 (D7) p.37
24. 太郎坊宮 (C5) p.16
25. 船岡山 (C5) p.21
26. 紅かす山 (C5) p.21
27. 岩戸山 (C5) p.21
28. 石塔寺石造三重塔 (D5) p.150

JR湖西線 沿線

29. 葛川明王院 (A4) p.61
30. 鵜川四十八躰仏 (B4) p.143
31. 白鬚神社 (B4) p.56

京阪電鉄 (京津線) 沿線

32. 寂光寺磨崖仏 (A6) p.118
33. 関寺の牛塔 (A6) p.154
34. 蝉丸神社 (A6) p.156

京阪電鉄 (石坂線) 沿線

35. 石山寺 (B6) p.77
36. 三井寺 (A6) p.82
37. 志賀の大仏 (A6) p.140
38. 慈眼堂 (A5) p.143
39. 日吉大社 (A5) p.42
40. 延暦寺 (A5) p.54

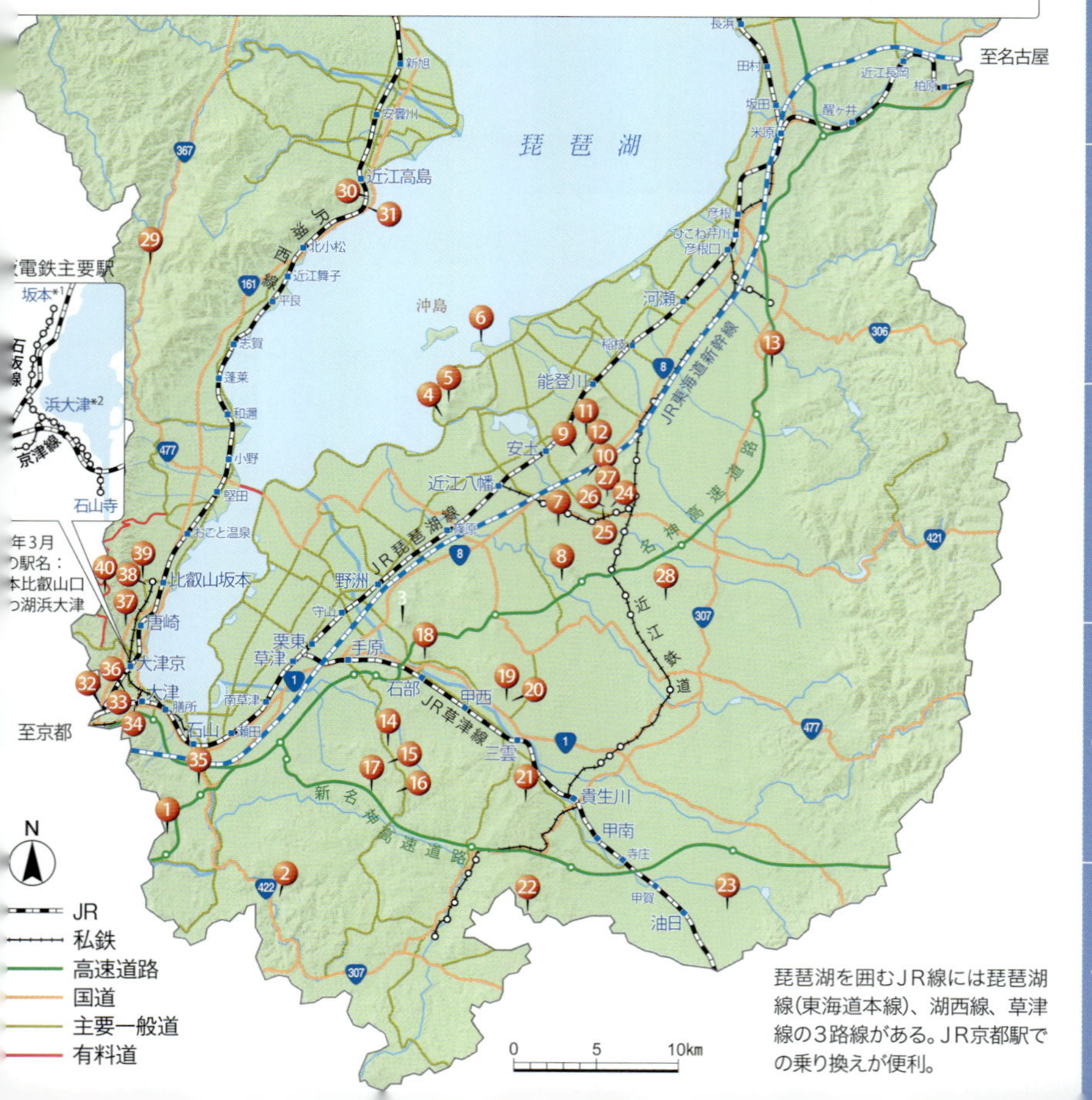

琵琶湖を囲むＪＲ線には琵琶湖線(東海道本線)、湖西線、草津線の３路線がある。ＪＲ京都駅での乗り換えが便利。

白洲正子と歩く琵琶湖

《江南編・カミと仏が融けあう処》

目次

第三章　近江に宿る石の文化……113

早春、生命の息吹き

序章

カミと仏の出会う処　近江

白洲正子は近江について、**琵琶湖の周辺は、非常に早くから開けていたらしい。水の便がよくて肥沃であること、日本海に近く、奈良や京都に隣り合っていることも、文化が発達する条件に恵まれている。……あるいは大和より早く開けたかもしれない。……なまじ発展しなかったために、近江には古いものが、古いままの形で遺っており、それが私の興味をひく。比叡山は、日吉神社なくして成立しなかっただろうし、東大寺の前身も信楽にあった。……といった工合で、奈良や京都に対して、いつも楽屋裏の、お膳立ての役割をはたしたのが近江の地であるが**〔かくれ里：石をたずねて〕と紹介している。「楽屋裏・お膳立て」と言った表現には、近江に暮らす者として、いささか反感を覚えないわけではないが、歴史的には事実である。政治・経済という〝俗的〟側面、そして〝精神的側面〟から、日本文化の基層を形成してきたのが、琵琶湖を擁する近江の魅力である。白洲正子は、この近江の持つ価値を十分に認識していたのであろう。そして、この近江に対する魅力について、**西国巡礼の取材をした時で、岩間、石山、三井寺を経て、いったん京都に入り、若狭から再び竹生島、長命寺、観音正寺と巡って行くうちに、私はえたいの知れぬ魅力にとりつかれてしまった。それが何であるか、はっきりとは言えない**〔近江山河抄：近江路〕と表現している。私は、この「えたいの知れぬ魅力」という微妙な表現に、近江に継承されている歴史と文化に対する白洲正子の〝畏怖の念〟を感じる。

一　日本人の精神文化の基層

日本人の精神の根底には〝カミ〟に対する畏敬の念が流れている。ここでいう〝カミ〟とは〝神〟ではない。**ライアル・ワトソンと対談をした時、明治時代に日本人が、ゴッドをカミと訳したのは失敗だった、と指摘された。カミはカミで押し通した方がよかったのではないか、何だかわけのわからぬものだ**

と知れば、外国人もそれなりに納得したに違いない、と。たとえば晩秋の木洩れ日の中にたった一輪のりんどうの花が咲いている。昔は至る所にあったが、今は殆ど消え失せてしまった。そんな時に思いがけず発見したうれしさは、ほとほと涙もこぼれんばかりで拝みたくなる。……（法隆寺の救世観音を拝したときに、その場にひれ伏してしまった）りんどうと観音様の間には多少の違いこそあれ、本質的には私にとって同じものなのだ（風花抄：私の中のあれ）。ここで述べられているように、〝カミ〟とは〝自然の中に宿る気配〟であり、これが様々な恵と、場合によっては災厄を人にもたらす。恵を得ることへの、そして、災厄を避ける事に対する切願が〝祈り〟なのであろう。やがて、見えざるものに対する祈りを続ける事への心許なさと不安が、祈りの対象の〝可視化〟へと進んでゆく。これが姿無き、言葉無き日本のカミと、仏像という姿を持ち、教典という言葉を持つ、外来の神である〝ホトケ〟とを融合させた。

この過程について、**私の経験では、古い寺にかぎって、古代の信仰と結びついており、これは大変日本的な、おもしろい在り方だと思う。神仏混淆の思想では、天竺(てんじん)の仏が、衆生を済度するために、かりに神の形に現じて、垂迹(すいじゃく)したことになっているが、事実はそれと反対で、仏教を広めるには、神の助けを必要としたのではないだろうか。その差は紙一重でも、意味は大いに違う。言葉をかえていうなら、日本の神を経糸(たていと)に、仏教を横糸にして織りあげたのが、いわゆる本地垂迹説であった。ただ相手が黙して語らぬ木や石であったため、証明することは不可能だが、日本の自然が私に、そういうことを物語る**（かくれ里：宇陀の大蔵寺）。一般的には〝神仏の融合〟は仏教の神が主で、日本のカミは従であると解説されるが、白洲正子はこれとは真逆に、仏教を広めるための手段として、仏教者が日本のカミの力を借りた姿が〝神仏の融合〟であるとし、**整然と理論づけるのは外国伝来の方式で、日本人の心は、だまって**

聞くより他はない。が、だまっているからといって、屈服したわけではない。外来の思想や技術を支えて来たのは、いつも物いわぬ日本の神々であった〔かくれ里：宇陀の大蔵寺〕と結んでいる。ここに流れているのは日本の古いカミと人との関係、言い換えるならば、日本の自然と人間との関係に対する〝想い〟である。

二　近江に坐（いま）す物言わぬ神々

近江は、日本の古いカミの気配に溢れる国である。人間を含む全ての生き物の命を支えるモノは〝水〟であり、〝水〟はカミ（自然）の最高の恵であり、カミそのものでもある。近江は、神々がもたらした恵が集う〝琵琶湖〟がその中央に横たわる希有な地勢を持つ国である。ここに、カミの恵に対する感謝（祈り）の心象が生まれ、その祈りから、様々な文化が生み出されてきたことは、容易に想像できる。

　とりわけ、水をはじめとする様々な恵をもたらす〝山〟が、カミの坐す聖地として認識されてきた。白洲正子もまた、山の神聖性に対して特別な感情を抱いていた。そして紡がれた『かくれ里』は、まさに山と里を舞台とした、カミと人間との交流の叙事詩と言ってもよい。白洲正子は、作品の中でしばしば〝山の母性〟について言及している。**日本人にとって、自然の風景というものは、思想をただし、精神をととのえる偉大な師匠であった。そして、その中心になる神山、生活にもっとも必要な木と水を生む山が、女体にたとえられたのは当然であろう**〔近江山河抄：日枝の山道〕とし、山を舞台とした命の誕生と輪廻を象徴する祭として「御生れ（みあれ）」について語り、さらに、山に籠もる修行者の姿を、〝母なる自然から力を得る事を目指す者たち〟と位置づけた。**山岳信仰について、私は殆ど無知にひとしいが、山に籠るということは、生みの苦しみを味わうことではなかったであろうか。或いは、生れる苦しみといってもいい。もともと色々なものを生む山に**

は、母性神の性格があり、その中に入って、長い間籠るというのは、母の体内ですごした混沌の時代を、再び体験することで新しい生命を得る、そういうことを意味したと思う。人界と隔絶された神山で、木の実を食べ、草を枕に何年もすごす中、身心ともに透明無色と化すことは、我々凡人にも充分想像のつくことである。……それは母なる神の分身であり、長い禁欲生活のはてに、男が夢見た永遠の美女の姿であった〔近江山河抄：伊吹の荒ぶる神〕。そして、この文脈の中に、山の女神を十一面観音として顕現させた泰澄、天台宗を開創した最澄、さらには回峰行の祖として尊崇される相応など、近江に縁深い修行者の姿を位置づけたばかりでなく、近江に継承された文化の多くが、〝山の母性〟に根ざしたものであることを読み解いた。付け加えるならば、〝山〟の母性が生み出した恵が集い、そして近江の文化を支え続けてきた〝琵琶湖〟もまた、〝母性〟の象徴として敬うべき聖なる存在である。

三　カミと人間

白洲正子は、自然というカミと人間との関係についてこのように綴っている。**昔は、薬草も、染料も、すべて神のなす不思議なわざとして、信仰の対象になっていた。虚心に考えれば、今でも不思議なことに変りはないはずだが、人間の力を過信するあまり、そういうことは非科学的な、野蕃（やばん）な思想として片づけられてしまった。が、ほんとに野蕃なことだろうか。私たちはもう一度そこから出直すべきではないか。原始宗教に還れというのではない、そんなことは不可能にきまっているが、私たちには、花一つ、種一つ、創造できないのを思う時、もう少し謙虚な心に還って、自然の語る言葉に耳をかたむける必要がありはしないか**〔かくれ里：薬草のふるさと〕。この文章が綴られたのは1960年代である。当時の日本は開発の波に乗り、全てが右肩上がりに上昇するという気分に溢れていた。言い換えれば、文明の力が全てを支配できるという、幻想を抱いていた時代である。この中にあって、白洲正子は、自然と共に歩んできた、日本の文化に学ぶことの大切さを訴えたのである。

白洲正子に〝日本の古いカミ〟の持つ力を気づかせたのは、日本の自然であり、特に琵琶湖を抱く近江の自然、言い換えるならば〝近江のカミ〟だった、と言っても過言ではあるまい。そして、そのカミは今も、近江の自然の中に確かに息づき、人間の暮らしぶりを見つめている。この近江のカミの力に彼女は〝畏怖〟し、「えたいの知れぬ魅力」と表現したのではなかろうか。カミとは、「なんだか訳の判らぬ」ものなのだから。

四　カミと仏の融け合う処

この巻では、自然の中に漂い、そして自然に宿る〝カミ〟が、やがて人に迎えられ〝神〟となり、さらに外来の神と融合し〝仏〟に姿を変え、現在の近江の風土中で信仰されている姿を、白洲正子の作品に登場する聖地と、ここにいまなお坐す〝カミ〟の目線を借りて紹介する。

第一章では、自然物に宿るカミへの祭祀が、社殿を構え、ここにカミを、神として迎えて祀る祭祀に遷り変わる様を追う。

第二章では、カミと仏との融合を図り、新しい仏教を打ち立てた宗教者の姿と、仏教の祭祀の中に隠れながらも、したたかに存在を主張する、日本のカミの姿を追う。

第三章では、白洲正子が絶賛した近江の石の造形を通して、石という自然物に宿るカミが仏と融合し、そして近江の風土に溶け込み、信仰されている姿を追う。

第一章

自然に宿る近江のカミ

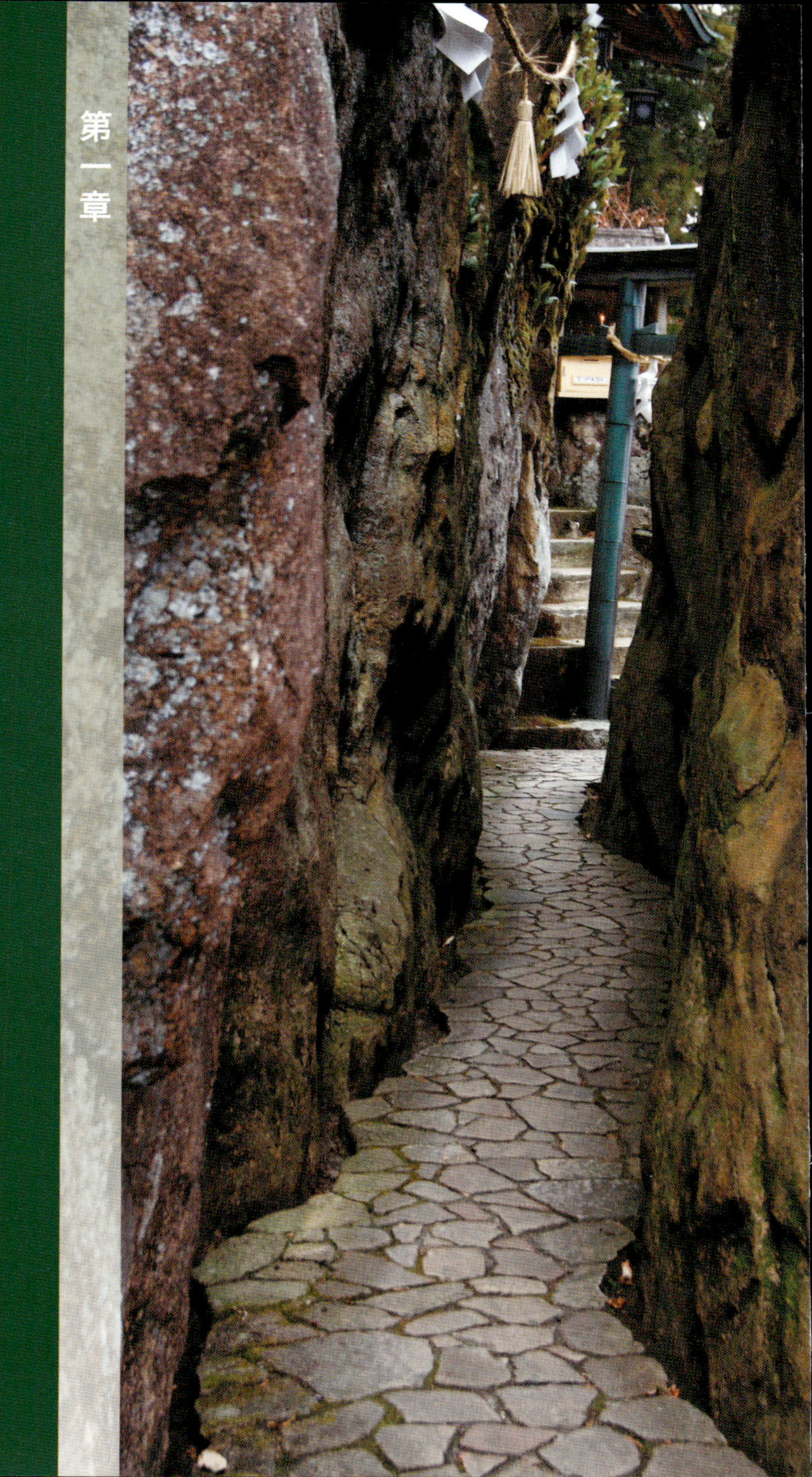

一　太郎坊宮とこれを取り巻く山のカミ
……岩に宿る母性

日本人は、森羅万象万物にカミが宿ると考えている。一方、人の暮らしに大きな恵をもたらしてくれる力を持つカミは、とりわけ大きな処に宿るとも感じている。大きな処とは、自然の大きな変曲点、例えば山頂、それも秀麗な山の山頂。巨巖、巨木、水源、瀧、川の合流点、岬、海（湖）等である。

特に山に対し白洲正子は、**もともと色々なものを生む山には、母性神の性格があり**（近江山河抄：伊吹の荒ぶる神）、**日本人にとって、自然の風景というものは、思想をただし、精神をととのえる偉大な師匠であった。そして、その中心になる神山、生活にもっとも必要な木と水を生む山が、女体にたとえられたのは当然であろう**（近江山河抄：日枝の山道）と表現しているように、様々な恵をもたらす本源とした。そして山の力は、生み出す力としての母性に結

▲**太郎坊山全景**　太郎坊山は、円錐状の典型的な神奈備型の山である。山上の折り重なる磐に今なおカミの宿りを感じさせる。

びつく。この山と母性を結び付けた感性が、白洲正子の自然信仰の基層をなしている。

東近江市八日市に太郎坊山という、典型的な神奈(かんな)備(び)型(かた)の山が屹立している。この山には自然に対する信仰の諸相が、凝縮して伝えられている。

縁起に拠れば、〝昔、伝教大師最澄が琵琶湖の岸を歩いていると、東の山に紫雲がたなびいているのが見えた。怪しんだ最澄がこの地にやって来た。すると、不動明王のような天狗が現れ、この山を祀ることを告げる。これに応えて最澄は、薬師如来を本尊とする「成願寺」をひらき、この山の大磐を奥の院として祀った〟現在の太郎坊山の信仰は明治の神仏分離令により著しく変容しているが、元々は、山に対する自然信仰と仏教とが混在していた。**八日市の近く、太郎坊の山頂にも「夫婦岩」と名づける巨巌があり、二つの岩の間に、人がようやく通れるほどの参道が通っていて、その向うに本殿がのぞめる。いうまでもなく、一種の「体内信仰」で、ここでも女体が象徴されているが、後に山伏信仰に発展したため、原始の姿は失われた**（かくれ里：石をたずねて）。

急な石段を息を切らせて登ると、眼前に巨大な二枚の磐が現れる。右手の磐が「男磐」、左手の磐が「女磐」と呼ばれている。この二枚の磐の間に人がやっと通れる程の隙間があり、これが奥に鎮座する「阿賀の神（元々は太郎坊山のカミ）」への参道になってい

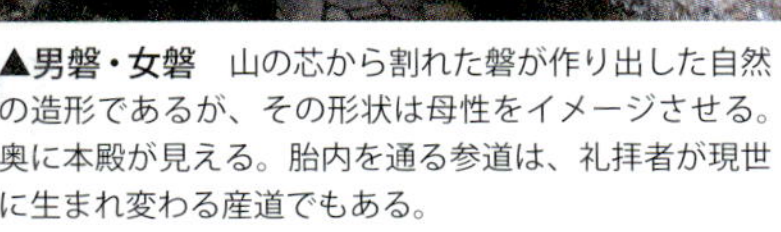

▲男磐・女磐　山の芯から割れた磐が作り出した自然の造形であるが、その形状は母性をイメージさせる。奥に本殿が見える。胎内を通る参道は、礼拝者が現世に生まれ変わる産道でもある。

る。白洲正子が紹介しているように、これは直截的な胎内信仰の形である。磐の間の参道は、産道である。人は参道を通りカミに見(まみ)え、神からの祝福、すなわち、新たな力を得て生まれ変わり、そして産道を経て人間界に戻るのである。この祭祀の起源は明らかではないが、この山裾に居を定めた縄文人か弥生人が、自分たちの暮らしを守る神山の主に見えるために登山し、この磐に出会った。そして恵を生み出す山の母性と、母性を連想させるこの磐は容易に

▲成願寺薬師如来座像　太郎坊山の中腹に立つ成願寺の本尊で、平安時代後期の優美な如来像（滋賀県立安土城考古博物館）。

結びつき、この巨巌に宿るカミへの祈りが生まれた。このような解りやすい、素直な自然に対する感性が、日本人の信仰の根源にあるのだろう。

そう考えて太郎坊山を参拝すると、実に多様な自

▲地主神社縦穴　男磐・女磐の下に開口する縦穴で、この傍らに地主神社、すなわち太郎坊山の本体である山の母性が祀られる。自然物なのか、人工物なのかも定かではないが、この穴も又、女性の躰を連想させる。

然信仰、それも母性に対する自然信仰の世界が広がっている事に気づく。阿賀神社の裏手に「地主神社」が祀られているが、この神を祀る社の前面に不気味な縦穴が開口している。恐る恐る覗き込むと、底に水が溜まっているのが見えるが、穴の深さは皆目見当も付かない。まるで「底なしの穴」である。社殿とこの縦穴の位置関係を見れば、「地主神社」はこの縦穴、言い換えれば「女性の躰の象徴」を祀っていることが容易に想像できる。

▲一願成就社祭場　巨大な岸壁に寄り添うように建つ一願成就社も、明らかに磐を祀る社である。そしてその背後にある祭場は、母性を連想させる横穴の中にあり、願成弁財天という女神が祀られる。

更に参道を進むと、「一願成就社」の社殿に至る。この社の背面にも巨大な磐が屹立し、さらにその裾に横穴が開口し、その奥が祭場となっている。ここには弁財天の石造物が安置されている。この石造物は、近年安置された七福神の一体であるが、他の六体の安置場所に特段の意味が感じられないのに対して、唯一の女性神である弁財天だけが、女性の躰を暗示させる横穴に祀られている。

ここから参道を左に曲がると「赤神不動尊(あかがみふどうそん)」に至る。不動明王は、太郎坊の本地仏として認識されている尊格であるが、この像は、巨大な磐に走る、縦の割れ目の中にねじ込まれるように安置されている。更にこの上からは瀧が懸かり、小判型の水盤が瀧壺として水を受けている。詳細は葛川明王院の頁で触れるが、不動明王とは命を生み出す男性象徴神として意識される尊格で、瀧を祭場として祀られる事が多い。この「赤神不動尊」の祭場の整備が何時行われたのかは解らないが、ものを生み出す事への感性が端的に表現されている。磐に走る割れ目は、山の母性を表し、ここに安置された不動明王は、女性神と交わり、命を生み出す男性象徴である。そして懸かる瀧は不動明王の持つ剣であり、これが滝壺で交わり「水」に象徴される命が生まれ、里に降臨する。このような自然に対する素直な心象が、この祭場をデザインさせたのであろう。

太郎坊山に登拝すると、自然に対する素直な日本人の信仰をいつも感じる。

▼〈太郎坊宮 地図番号24〉東近江市小脇町2247 近江鉄道 太郎坊前駅下車 徒歩10分 名神高速八日市ＩＣ下車 国道421清水3右折

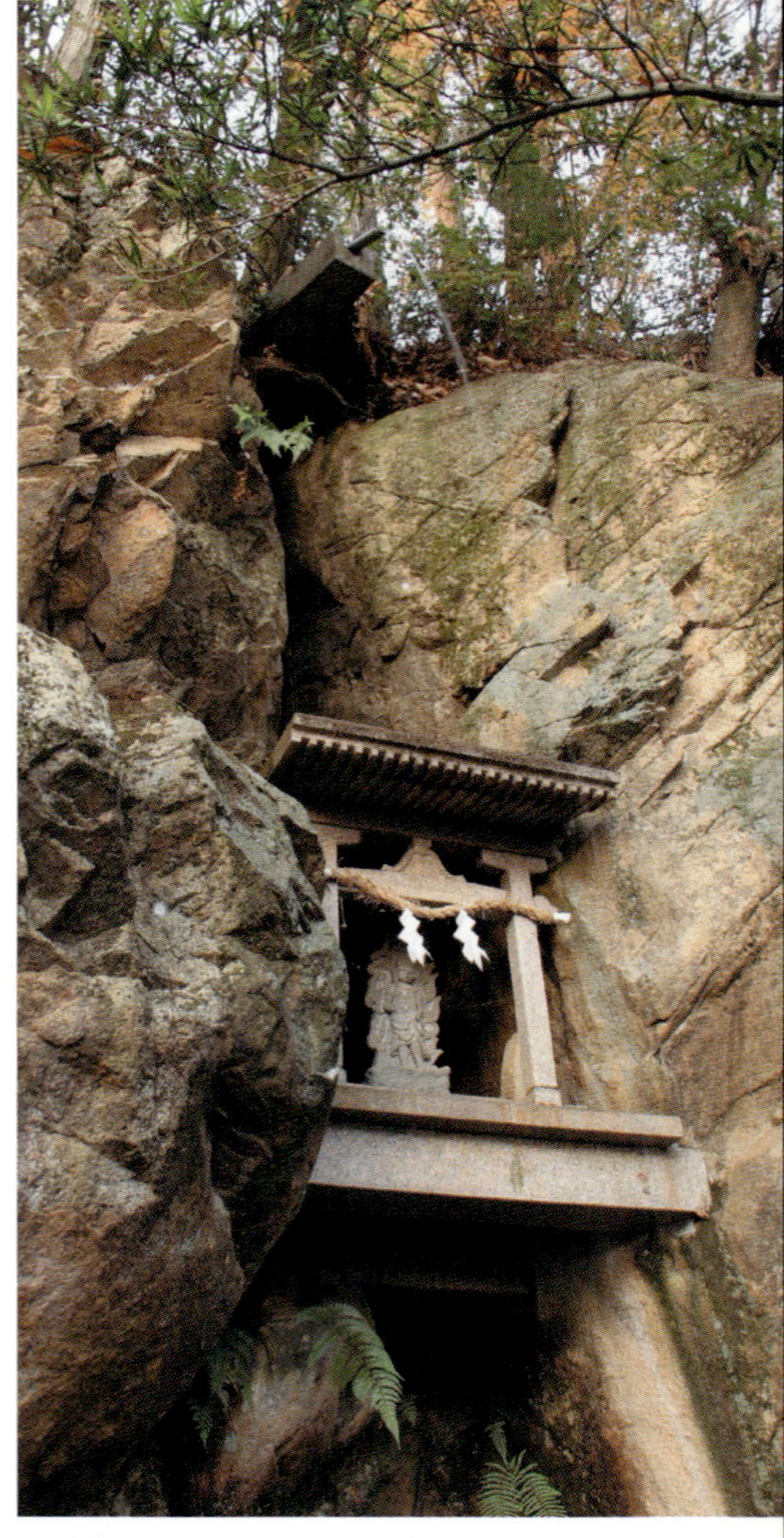

▲赤神不動　太郎坊山に対する自然信仰を集大成したような造形である。割れ目を持つ磐座（いわくら）は母性を象徴し、その中に男性神である不動明王が嵌め込まれ、この和合の結果生まれた恵である水が、瀧となって流れ落ちる。

二　船岡山から岩戸山十三仏
……大きな祀りと小さな祀り

琵琶湖の東岸には、太郎坊山のような独立峰がいくつも聳(そび)え、独特の景観を形成している。これは、かつてこの地が、古琵琶湖であった時代に削り残された島の姿である。従って、多くは磐で形成され、至る所に巨巌が露頭し、これが自然信仰の対象となっている。

太郎坊山に連なるこれらの山にも、太郎坊に類似する自然に対する信仰が残されている。近江鉄道の市辺(いちのべ)駅の北に船岡山と呼ばれる山(岡)がある。ここに祀られているのが太郎坊と同じ「阿賀神社」で、同様に、大きな磐に挟まれるように社殿が鎮座し、太郎坊の田宮として信仰されている。

歩を北に進めると、紅かす山と呼ばれる低いながらも美しい円錐形の山がある。この山の山頂にも磐が露頭し、この磐に紅白の晒しが巻かれ、様々な神

▲**船岡山・紅かす山**　かつて、この地が琵琶湖の底であった時、水の流れに削り残された島がこの様な独立丘陵の連なりとなって残された。山上はいずれも、神を祀る聖地となっている。

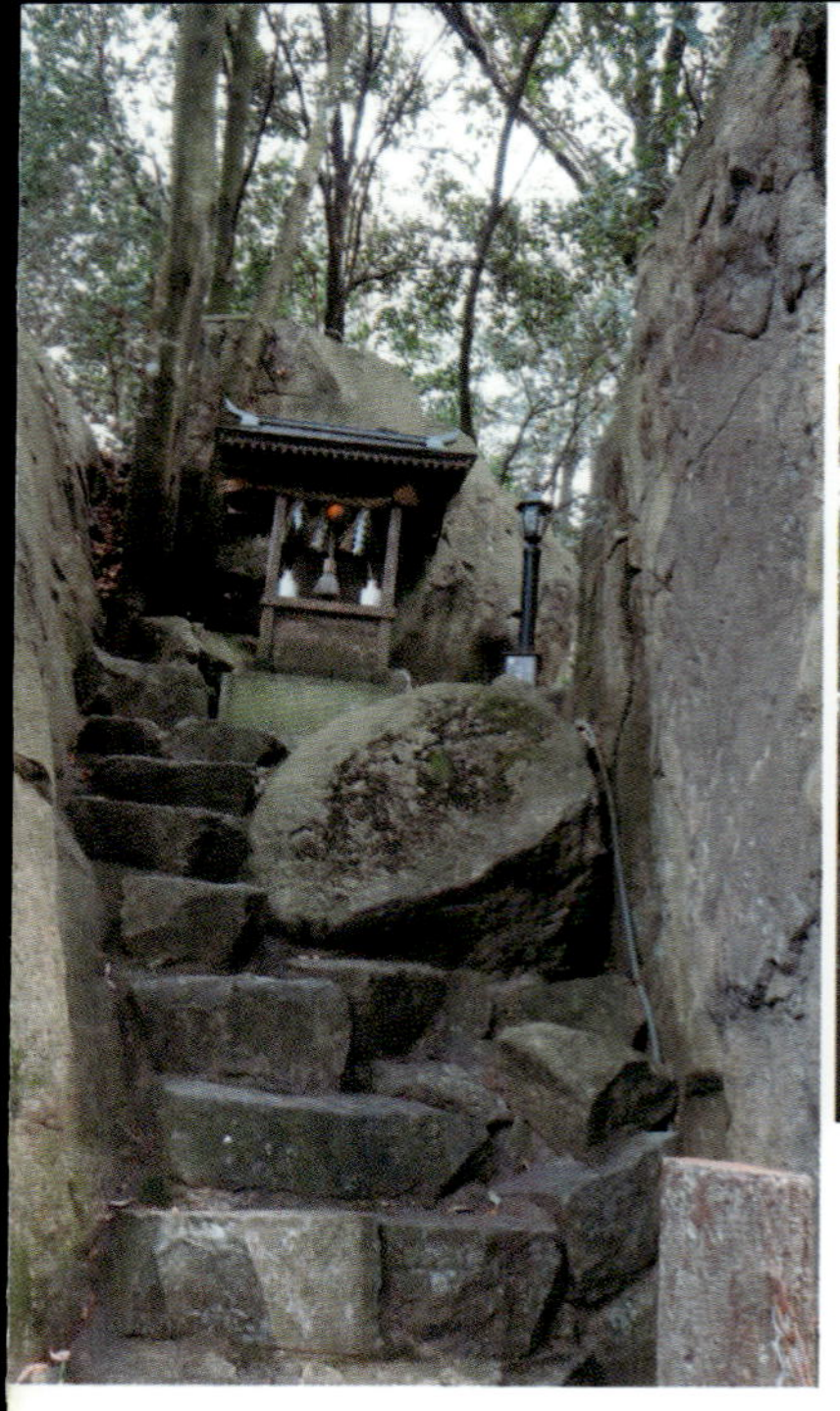

◀**船岡山阿賀神社**　太郎坊山に祀られる阿賀神社の神を、麓に迎えて祀る。山に鎮座する奥の院に対し里に祀られる田宮に相当する神社で、太郎坊山を望む処にある。本殿は太郎坊と同じように二枚の巨巌に挟まれて鎮座している。

▲**紅かす山山頂の磐座**　狛長者とは、この地域を涵養する用水である狛井（こまゆ）に由来するのだろう。山頂の巨巌には紅白の晒しが巻かれ「亀水王」という、水を連想させる神が祀られている。この岩座の周辺には、個人的に祀られた神の名を彫った石碑が立ち並んでいる。

が祀られている。ただ、祀られる神々は、神社に招かれる神ではなく、全く、個人的な信仰に基づきここに招かれた神々である。

これらの神々に別れを告げて、太郎坊山に連なる「岩戸山」に入る。ここには、「紅かす山」で見た祭場の数倍の規模で、自然物を神として祀る聖地が展開している。神は磐であり、樹木であり、せせらぎである。これらの自然物に対して神を感じた人たちが、自分の所願を託すための神を自然物に降臨させ、赤と白により荘厳している。曰く「男不動」「滝不動」「弁天山観音」等々。あわせて参道沿いには、観音巡礼の石仏などが安置され、独特の信仰空間を形成している。そして頂上付近に至ると、「岩戸山十三仏」が祀られている。これは、〝昔、聖徳太子が霊威を感じてこの山に登り磐に十三仏を感得し、この姿を爪で磐に刻み込んだ〟という縁起を持つ磨崖仏である。そして、この磨崖仏を中心とする一帯は、中腹の祭祀空間とはやや様相を異にして、役行者（えんのぎょうじゃ）

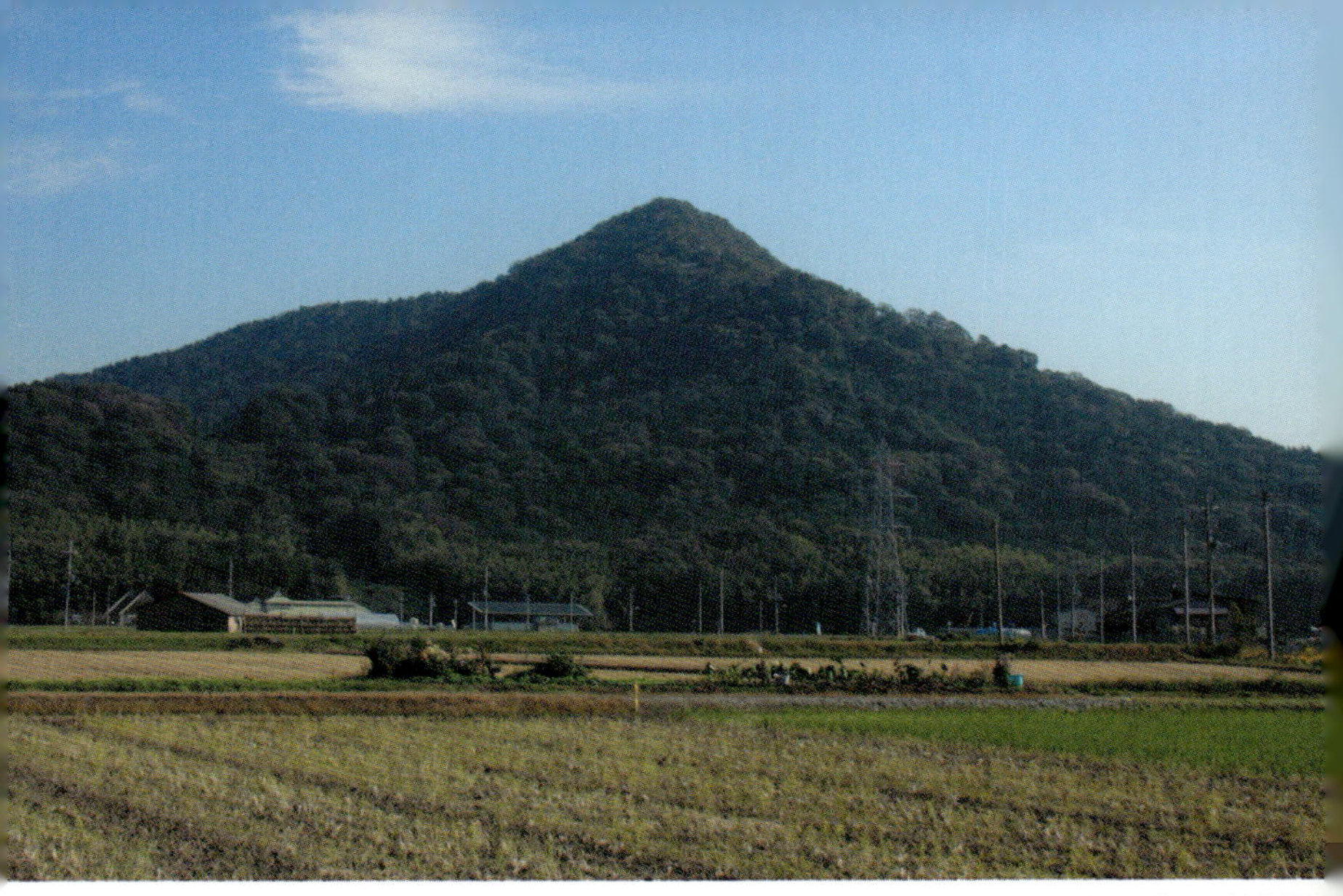

▲岩戸山全景　岩戸山は、太郎坊山に連なるが、この山を祀る内野の集落から観ると見事な円錐形の神奈備型の山である。ここに里を見護る神が宿ると感じるのは自然な心象だろう。

▲十三仏への参道に祀られる神　頂上に向かう参道沿いの磐や樹には神が迎えられ、この様な紅白の晒しにより荘厳されている。祀られている神は教典や神話には決して登場しない、個人的に迎えられた不思議な名を付された神々である。

▲岩戸山神明神社　頂上を構成する巨巌の下に空いた母性を連想させる穴が神として祀られている。ここには神が住する社殿はない。古い神祭の姿を伝える空間である。

◀岩戸山十三仏　頂上の巨巌に刻まれた磨崖仏である。後段で触れるように、磐に宿る日本のカミは、仏教者の祈りにより、仏教の尊格として、その姿を磐上に現した。磐に刻まれた仏を拝するために、堂が磐に密着し建てられている。

を中心とする、山岳信仰と仏教との習合世界が展開する。山頂には、公的な信仰の対象となる強いカミが、山腹には個人的な信仰により招かれた、小さなカミが祀られる、ということなのであろうか。

岩戸山に登拝すると、自然に宿るカミを確かな存在として感じ、これに祈りを奉げていた人間に回帰するような気分になる。また、山頂からの眺望は絶景で湖東、湖南を一望でき、眼下の暮らしを見護る「カミ」の視線も、味わうことができる。

▼〈船岡山㉕〉東近江市糠塚町 近江鉄道 市辺駅下車　徒歩1分 国道421市辺駅前 ▼〈紅かす山㉖〉東近江市八日市清水2 近江鉄道 市辺駅下車　徒歩15分 県道208小脇西生来線沿い ▼〈岩戸山㉗〉近江八幡市安土町内野 近江鉄道 太郎坊駅下車　徒歩15分

三　奥島山（おきつしまやま）……湖（うみ）を見護る磐のカミ

琵琶湖の東岸に姨綺耶山（いきやさん）、あるいは奥島山とも呼ばれる山並みが坐す。**長命寺の裏山を、長命寺山とも金亀山とも呼ぶが、それに隣り合って、あきらかに神体山とおぼしき峰がつづいており、それらの総称を「奥島山（おきつしまやま）」という。現在は半島のような形で湖水の中につき出ているが、まわりが干拓されるまでは、入江にかかる橋で陸地とつながり、文字どおりの奥島山であった**（近江山河抄：沖つ島山）。この山塊の南のピークを長命寺山と呼び、西国観音霊場「長命寺」は、この山の中腹にある。（長命寺に関しては次章で紹介する。）

奥島山は、琵琶湖の平野部のほとんどから遠望できる美しい山であるが、かつては、琵琶湖と大中の湖の間に浮かぶ、琵琶湖最大の島であった。奥島山の西には「沖島」が浮かび、かつて、この二つの島に挟まれた水道は、琵琶湖の東岸を航行する船のほ

▲奥島山　湖岸から望む奥島山。中央の主峰が奥島山で姨綺耶山とも呼ばれる。この美しい山並みは琵琶湖の至る所から拝することができる。湖を航く者には、大切な目印となっていたことであろう。

▲奥島山からの眺望（沖島）　山の足下には琵琶湖が広がる。特に沖島と奥島山の間は、波穏やかな水道となり、多くの船がここを行き交っていた。この山に航海の安全を司る神が宿ると考えるのも、自然の心象だろう。

とんどが利用する水路でもあった。そして、この水道を見下ろす山には、様々な神祀りの場が残されている。これらの祭場は、山中に露頭する巨巌を神として祀るもので、神の住居である社殿を伴わない古い神祀りの姿を留めている。

長命寺への参道の途中から、奥島山の神々に見え(まみえ)る道は始まる。山道に入ると、長命寺に関連するの

▲天照大神の磐座　奥島山の頂上に至る直前にある磐座で、母性を連想させるような割れ目が走る。恐らく、始めは山に宿る名も無きカミが祀られていたのであろうが、その形状からかいつしか、天照大神という女性神が迎えられた。

であろうと考えられる中世墓群が広がり、至る所に石造物が散乱している。やがて道は長命寺山を下り、奥島山への急な上り坂となるが、途中で、巨巌が累々と折り重なる、異様な気配を感じさせる処に出る。そしてここには、この空間を支配するかのような「気配」を放つ、縦に一筋割れ目の走った巨巌が屹立している。現在、誰が、何の神を信仰しているのかは明らかではないが、ここに「天照大神」と書かれた札が置かれている。更に進み、頂上付近に至ると西に開けた岩場にいたる。琵琶湖と湖西が一望される絶景のポイントである。そして頂上には、巨大な三角形の磐が露出し、この磐を囲むように石垣の瑞垣が廻らされ、南に面して鳥居が建てられている。明らかにこの磐が神であり、祭神として「天御中主命（あめのみなかのぬしのみこと）」が祀られている。さらに道を北に進むと、

▲天御中主命の磐座その１　神奈備山の頂上に露出する円錐形の巨巌で、如何にもカミが宿るオーラを発している。祀られる神は、記紀神話の始めに登場する、近江には縁のない神である。祈る神の格を高めるため招かれたのであろう。

▲天御中主命の磐座その２　山頂を降ったところに露頭するこの山最大の磐座である。もりもりと屹立するその姿は、男性神が宿るのに相応しい、と感じられたのであろう。ここにも、記紀神話中の男性神が迎えられた。

沖島と対面するような広場に出、ここにも見上げるような巨巌が屹立している。この磐にも「天御中主命」と記されている。この付近から東に延びる尾根をゆくと「白山神社」「池鯉鮒神社」といった巨巌を祀る神社を経て、大島奥津島神社を祀る島町に至るが、そのまま北に道を進むと、**奥島山の裏側へ廻って行くと、突然目の前が開け、夢のような景色が現われる。小さな湾をへだてて、「沖の島」が湖上に浮び、長命寺の岬と、伊崎島が、両方から抱くような形で延びている。静かな水面には水鳥が群れ、松吹く風も鳴りをひそめて、皎々たる真昼のしじまの中に、この世の浄土を楽しんでいるかに見える。長命寺のあたりも美しいが、奥島山の裏に、これ程絶妙な景色が秘められているとは知らなかった**〈近江山河抄：沖つ島山〉と紹介している「宮ヶ浜」に至る。

このように、奥島山の彼方此方に神が祀られているが、これは山に宿るカミと人との交渉の結果に過ぎない。はじめ、琵琶湖の航路を見おろす様に聳える秀麗な山があり、この山に宿る気配としてのカミに、航行の安全という恵を祈念するための依代として、巨巌の露頭が選ばれた。そのカミは、例えば地名を冠した「奥島彦」等と呼ばれていたかも知れない。しかし、在地のカミを祀る事に物足りなさ、あるいは権威の不足を感じた者が、大凡この山には似つかわしく無い、記紀神話に登場する国家神を招いたのが、現在の姿なのだろう。しかし、実際にこの山に登り、磐に宿るカミを拝する時、これらのカミが護るのは、磐座が見おろす暮らしの場、すなわち、琵琶湖に暮らしの支えを求めた者たちであったことが、実感を以て理解される。

▼〈奥島山⑤〉近江八幡市沖島町 🚃JR近江八幡駅よりバス 長命寺下車 徒歩60分 🚗県道25号長命寺

四　三上山……山を祀る

三上山は、どこから眺めても美しい、カミ宿る神奈備型の山である。しかし、三上山に神を求めたのは、その姿が美しいからだけではない。この山が、近江最大の川である野洲川が、平野に向かって流れ出る、その喉元に坐す山だからでもある。肥沃な野洲川デルタを涵養する水、そして琵琶湖と内陸とを結ぶ水の路は、三上山の足下から流れ出て来るのである。それ故、野洲川の恵を受ける地域を護るカミが、この山に坐すと感じるのは、自然の心象であった。

弥生時代から古墳時代にかけて、この山を仰ぐ氏族は、ここに、大和と匹敵するほどの力を持つ国を打ち立てた。そして、この王およびその縁の者たちは、三上山を神として崇め、やがてこの山を祀る神社として「御上神社」が創始され、現在に至っている。

▲比良山と対面する三上山　金勝山から観た湖南の景観である。平野の中にぽっかりと三上山が浮かび、琵琶湖を挟み、比良山系の神々と会話を楽しんでいるように見える。

▲雨に煙る御上神社本殿　御上神社本殿は、日本最古の入母屋式の本殿建築として知られる。その外観は仏堂を連想させ、神と仏の葛藤と融合の歴史を感じさせる。

▲御上神社本殿の礎石　本殿の柱を支える礎石には蓮弁が刻まれている。ここにも仏教の影響を受けた日本のカミの姿が垣間見える。

三上山への登拝は、麓の御上神社から始まる。御上神社は、はじめは社殿もなく、ただ山を拝する祭場だけがあったのだろうが、やがて、山上のカミを神として迎え祀る社殿が設けられた。本殿ははじめ、三上山の正面に建っていたと考えられる。しかし、何時の頃からか、三上山に対して南に90度振った方向に本殿が建てられ、現在に至っている。これは、この章の最後に紹介する大津の「日吉大社」の本殿が、神体山に向かって北に90度振って建てられていることと共通する。このような社殿の配置は、時代の移ろいと共に、神と人の間に、様々な葛藤があった事を暗示させる。さらに、現在の本殿は、最古の入母屋造り本殿として知られているが、その外観から受ける印象は仏堂に近く、礎石には蓮弁が刻まれている。これらの姿は、ここに神と仏とのせめぎ合いと融合の歴史があったことをも物語っている。

　三上山の斜面は急峻で、至る所に磐が露頭し、この間を縫うように参道は山上に続く。途中、巨大な磐に走る狭い割れ目の中を通る部分がある。その名も「割れ磐」と呼ばれている。登山道としてこの道を考えれば、この隙間をあえ

▲三上山と本殿　本殿の正面右奥に聳える山が三上山である。御上神社は三上山を神体山とする社であるが、長い歴史の中でその祭祀は徐々に山から離れ、現在の姿となったのであろう。

▶割れ磐　三上山山頂に至る参道の途中にある磐座。この狭い隙間を通ることにより、参拝者は現世を離れ、清浄な躰に生まれ変わり、神を拝する準備が整う。そして帰りは、この宿を通ることによりカミの恵を受けた者として生まれかわる。

て通る必然は無い。どうしても山上のカミに見えるためには、この狭路を通らねばならなかった。これは、太郎坊山の「男磐・女磐」と同じ、胎内信仰に基づくルートである。この磐の向こうにカミの世界がある。ここで人はカミに祈り、力をいただく。そして下山する時に、この割れ磐を通ることにより人は、観念的に生まれかわるのである。

道は山頂に至る。山頂には鳥居が建ち、その奥

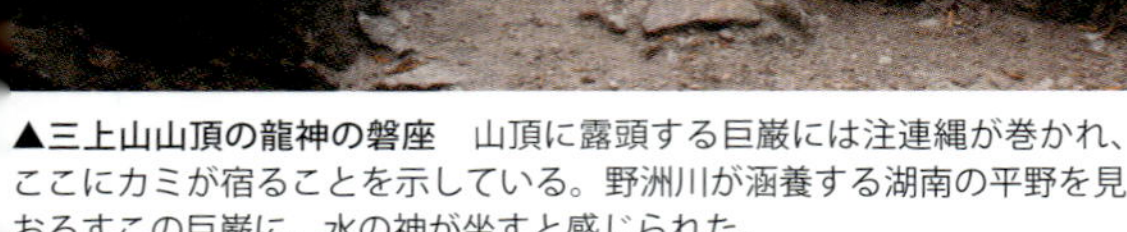

▲三上山山頂の龍神の磐座　山頂に露頭する巨巌には注連縄が巻かれ、ここにカミが宿ることを示している。野洲川が涵養する湖南の平野を見おろすこの巨巌に、水の神が坐すと感じられた。

に、龍神を祀る小祠が鎮座している。そして、その前面には巨大な磐が、あたかもカミの座布団のように露頭している。まさに三上山のカミが坐す依代である。そしてこのカミは龍神に姿を変え祀られている。本来であれば、御上神社本殿に祀られる神と同体のカミが、この磐に宿るはずなのだが、神祇の体系化の過程で、山頂のカミは龍神に姿を変えた。しかし三上山が、野洲川の流れを扼するように聳えていることを思えば、この山頂に水のカミを迎えたことは、必然だったのだろう。

この磐座の上からは、野洲川デルタを中心とした南近江を一望することができる。ここから見渡せる世界を護るカミ、その視線を感じさせる絶景が広がる。

三上山は、それ程高くないにかかわらず、近江のどこからでも遠望され、その秀麗で孤高な姿は、まさに神山の風格を備えている。そういう景色を見るたびに私は、日本の自然と歴史のかかわりあいを想ってみずにはいられない。時には景色のほうが、生半可な史料より、確かなことを教えてくれる場合もある〔美しいもの：木と石と水の国〕。

▼〈三上山❸〉野洲市三上838（御上神社）　JR野洲駅よりバス御上神社前下車　徒歩5分　国道8号御上神社前

五　飯道山（はんどうさん）……カミが神となる時

天平一四年（742）、聖武天皇は紫香楽宮を造営し、ここで大仏建立の詔を発する。近年の発掘調査により紫香楽宮は、甲賀市信楽町宮町にあったことが判明した。この紫香楽宮の背後に、あたかも宮を護るように聳（そび）える山が飯道山である。聖武天皇が宮の地を定めるにあたり、この山に宿るカミに助力を求めたであろう事は、十分に想像できる。しかし、宮が置かれる前から飯道山はあり、そして宮が去った後も、山もカミも動かなかった。**飯道山は古くイイミチヤマと呼び、農耕民族が祀った神山であった。都や寺院はいつもそういう風に、庶民の信仰の土壌の上に築かれたので、山岳信仰も、修験道も、ひいては忍者に及ぶまで、ひと筋につながる伝統のなかから発生した**〔近江山河抄：鈴鹿の流れ星〕。

飯道山は、甲賀郡の中枢を為す山として信仰を集め、中世以降は、修験の聖地として大いに栄えた。

▲紫香楽宮から飯道山　山の手前に広がる水田の下には、聖武天皇が仏教による統治を目指し造営した、紫香楽宮が眠っている。仏教の力を発現させるためには、山に宿る日本のカミの護りが必要だった。

▲飯道神社の鳥居　山上の巨巌の前に建つ鳥居は、この神社が山に宿る神を祀る神社であることを明確に物語っている。

▲飯道寺の石垣　飯道山は、中世から近世にかけて修験の山として発展し、多くの坊社が造営された。しかし、明治の神仏分離令により仏教色は排除され、現在はその石垣が残るのみである。

▲飯道神社本殿と装飾　江戸時代初期に再建された華麗な装飾を施した社殿。千鳥破風・唐破風を重ねた姿は寺院、さらには城郭の建築をも連想させ、この神社を支えた多様な人たちの信仰を連想させる。

しかし、明治の神仏分離令により、仏教的な施設は山下に降ろされ、現在は飯道神社と、これに関連する施設が残されているだけとなっているが、山頂一帯には、修験の寺院としての繁栄を伝える、壮大な石垣や墓所などの遺構が数多く残されている。

飯道神社本殿は、江戸時代初期に再建された、正面に千鳥破風と唐破風を重ねた華麗な建物である。昭和五十一年にこの本殿を修理した際に、床下から、鎌倉時代から江戸時代にかけての懸仏が560面も発見され、この神社の繁栄ぶりを具体的に示した。

飯道神社本殿は、重畳とした巨巌の群れの中に建っている。特に本殿背面の磐は雄大で、縦に割れ目が走り、一目見て母性を感じさせる。これらの

▲本殿裏の磐座　本殿にのしかかるように坐す巨大な磐座。その形状は明らかに母性を連想させるものである。この磐座の前に社殿を造営した者が求めたものが、恵をもたらす母性であったことを語りかける。

巨巌の折り重なりは、そのまま修験の行場となっており、「天狗の岩」「不動の押し分け石」「不動登り岩」などと名づけられた磐座が連なっている。中でも「胎内くぐり」と呼ばれる行場は、岩の重なりに生じた洞穴を潜り抜ける処で、文字通り母の胎内への参入を疑似体験する空間で、生命の誕生や、蘇りに対する素朴な信仰の現れと言える。

飯道山には、自然の母性に対する信仰を象徴する

▲飯道神社弁才天社　飯道神社の中心は、この社に祀られる弁才天女であるともいう。山の母性が水という命の根源を象徴する尊格である弁才天と結びつき、さらに豊穣を司る宇賀神とも結びついた。

ような縁起が伝わっている。〝摩訶陀国の宇賀太子が日本の弁才天を慕って甲賀郡の油日岳に降臨し、寺庄村の常徳鍛冶に天女の所在を聞いたところ、天女は餉令山（飯道山）に行ったことを告げると、太子は大いに喜び、鍛冶一族がいくら食べても尽きることがない米を与えた。また、この時から大根が種を蒔かずとも勝手に生えるようになった〞荒唐無稽な縁起ではあるが、「宇賀」という神が「弁才天」と融合した過程を象徴しているとも読みとれる。この両神の合体した姿は、竹生島の本尊として祀られる竹生島型弁才天（宇賀型弁才天）であり、男女の神が交わることにより、「飯」に象徴される、命を生み出す力が発露されることを示す。利益に、唐突に大根が登場することも、大根が、男女和合を象徴する神である「歓喜天」のシンボルであることを考えれば合点が行く。また、『近江輿地志略』には、〝弁才天社が飯道山の中央にあり、この山の地主神である〞という説が紹介されている。弁才天社は、現在も山の湧水を集めた池の畔に祀られている。わずかな史料が示すだけではあるが、飯道山に宿るのは、命を生み出す母性のカミと意識され、このカミは、女性の躰を想起させる磐座群に宿るとされた。やがて、カミを神として迎えるための住居として、神社本殿が造られ、ここに仏教・修験道が習合し、空前の繁栄を示した。しかし、人々の心は神仏から離れ、その跡は遺跡と化しつつある。そして、祈りを失った神は、再び自然に戻ろうとしているかのようにも見える。ここにあるのは、まさに、白洲正子が言う、「庶民の信仰の土壌の上に築かれた」カミの姿なのかもしれない。

▼〈飯道山 21〉甲賀市信楽町宮町7
（JR最寄駅：草津線 貴生川駅）
🚗県道53号牧甲西線オレンジカントリークラブ付近より徒歩60分

六　油日（あぶらひ）神社……降臨し祝福をもたらす神

『かくれ里』は、甲賀市油日神社に伝わる「福太夫面」を拝観させて頂くところから始まる。

この福太夫面を伝える油日神社は、甲賀郡一之宮として崇敬を集めてきた古社である。この油日神社が鎮座する甲賀は、延暦寺や平安京造営のための木材の供給地として発展してきた地であり、古代・中世の優れた文化遺産が、驚くほど多数継承されている。この豊さを育んだのは、豊富な山林資源と肥沃な農地であるが、この農地のあり方が独特である。

甲賀では、低い丘陵に小さな谷が無数に刻まれ、この小さな谷毎に農地が開発されている。谷をいくつか持てば充分に生活できるだけの生産物を得ることができたのである。その結果、同じ程度の力を持つ家が多数生まれ、甲賀郡に割拠した。中世の事である。独立した谷に住み、かつ、同じ程度の力を持つ者たちであるから、普段はお互いに干渉しない

▲油日岳遙拝　油日神社への参道近くに設けられた油日岳遙拝所から観た油日岳。油日岳は美しい神奈備型の山であり、油日の郷を涵養する杣川の水源でもある。

暮らしを営んでいる。しかし、郡の運営、外敵に対する対応など、一つの家では決めかねる事柄が当然起る。このような時、他の地域であれば大名等、上に立つ者が強力な指導力を発揮して問題を

▲油日岳山頂「岳大明神」 油日岳山頂に祀られる岳大明神の社殿。ここに祀られるのは油日三神の内、罔象女神である。この事は、油日岳が水を生み出す女神の山であることを明確に物語っている。

▲油日神社翼廊 楼門にコの字状にとりつく廊である。このように床を張っている廊は全国的にも珍しい。この廊に郡中惣の地侍たちが陣取り、侃々諤々の議論をした。中世にタイムスリップしたような感覚を覚える稀有な空間である。

解決するが、甲賀郡では、これを各家の代表による合議により決定する体制を採った。この体制を「甲賀郡中惣（こうがぐんちゅうそう）」と呼んでいる。しかし、等質な者たちの合議であるから、合議で決定された事項を確実に履行させるための権威が必要となる。彼らはこの権威を「神」に求めた。「諸事談合」と呼ばれる合議が、神社の境内で、神の注視の下に行われたのである。神のもとで決められたことは、神への誓いでもある。これを破る者には神罰が下る。よって、決め事は確実に履行されなければならない。

この合議の場として選ばれたのが、油日神社である。油日神社の楼門には「コ」の字状に廊がとりつく。この廊に郡中惣の武家たちが陣取り、侃々諤々（かんかんがくがく）の議論を繰り広げた。油日神社の社殿は中世末に完成し、その景観がそのまま現在に伝えられている、中世の空気が漂う希有な空間である。そしてこの伝統は、未だに受け継がれている。毎年、9月11日の晩、油日郷の宮座の人々は、神体山である油日岳の頂上に籠り、ここで聖なる「灯」を受け、翌日神社に移し、13日に行われる「大宮籠り（おおみやごもり）」の種火とする。大宮籠りでは、油日郷五カ村の代表が、あたかも、郡中惣の武家たちのように廊に陣取り、一晩、油日の神に奉仕する。**太古、――というから、気の遠くなるほど古い昔のことである。油日岳の頂上に、ある日、盛んな火が燃えた。「一大光明を発す」と、由来記は記している。その時、「岳大明神（たけのだいみょうじん）」が光臨し、以来、近江の側からも、伊勢の側からも、神体山として崇（あが）められて来た。今ある神社は、里宮で、他の神社でもそうであるように、だんだん麓（ふもと）へ下りて来たのである。頂上には、現在でも奥宮があり、毎年八月十一日**（現在は9月11日。筆者注）**の夜に、油日谷七郷の氏子たちによって、「御生祭（みあれまつり）」が行われるという**（かくれ里：油日の古面）と紹介している。この引用に示されるように、油日神社は、神体山である油日岳を祀ることに始まる。はじめ、人がカミの元に赴き、祈りを捧げていたが、やがてカミ

▲ずずいこ様　これも、種蒔神事に使われた呪物で、同じく桜宮聖出雲の作とされる。巨大な男根を持つ幼児の姿は、猥雑さを超越した、命の生み出しに対する大らかな喜びを感じさせる。（滋賀県立安土城考古博物館提供）

▲福太夫面　豊作を祈念する種蒔神事に使われる面で、桜宮聖出雲の作と伝えられる。白洲正子は、この面に対面することから『かくれ里』の旅を始めた。（藤原弘正氏撮影、甲賀市教育委員会提供）

を里に迎え、ここに常在することを求めた。そのために、神となったカミが住する社殿が造られ、現在の神社景観が生まれた。この神祀りの変遷は、多くの神社が経験してきたことであるが、ほとんどの神社は、この思い出を忘れてしまっている。しかし、油日神社は、未だに山上にあるカミの旧跡を奥宮として祀り、かつての神祀りがそうであったように、人が山上のカミの元に赴き、祈り、そしてカミを里に迎え祀っている。

　このような真摯な祈りが捧げられる油日のカミには、どのような恵が期待されたのだろうか。現在の油日神社は、「油日大神」を主祭神とし、相殿に「猿田彦命（さるたひこのみこと）」と「罔象女神（みずはめのかみ）」を祀るが、奥宮の岳大明神はこの罔象女神と同体とされる。であれば、油日神社に坐す本来の神は、罔象女神となる。この神は、他の神社には見えない在地の神であり、音が示すように水の神であり、そして女神である。すなわち、油日神社も又、山が持つ、水という命を生み出す母性を祀ることに、起源を持つのである。

福太夫面を観た後、白洲正子は「ずずいこ様」という不思議な人形に対面する。**油日神社には、福太夫の面と同じ作者の、珍しいお人形がある。「ずずいこ様」という。写真で見られるとおりのあられもない格好だが、そういうものにとらわれずに見れば、大変味のいい、力づよい彫刻で、桜宮聖出雲が造ったというのは信じていいと思う**（かくれ里：油日から櫟野へ）。福太夫面と、このずずいこ様は、油日神社で正月初申の夜に奉祀される、五穀豊穣を祈る、種蒔神事に使われた祭具である。特に、ずずいこ様の特異な像様が目を引く。裸形の幼児の姿であるが、不釣り合いなほど巨大な男根を持っている。しかもこの男根は自在に動かせる仕掛けとなっている。幼児の姿は、成長を予祝する神の姿であり、男根は、命の生み出しの象徴である。あえてこの二つを組み合わせる事により、生命の誕生と、この旺盛な成長を祈念しようとしたのであろう。行事では、福太夫面を被った演者が、ずずいこ様を操り、豊穣を祈る所作をしたのだという。面は神の依代（よりしろ）であり、これを被る事により演者は神に変身する。福太夫は男性であるが、ここに宿るカミは罔象女神でなければならない。命は男女の和合により生まれるものなのだから。

古い農村の行事には、公開をはばかるものが多い。が、それを一概に無邪気とか猥雑とはいえないのであって、豊穣の祭りには、必ずこのような性の身振りがつきまとう。田を耕す、種を蒔く、丈夫な稲が実る、そういうことを身体で真似ぶのは、神聖な行為であり、豊作のためのお呪い（まじない）でもあった（かくれ里：油日から櫟野へ）。油日神社には、命の「御生れ」を祈念する里（人）の真摯な祈りが、今なお、確かな力として息づいている。

▼〈油日神社㉓〉甲賀市甲賀町油日1042　JR草津線 油日駅よりバス 油日会館前下車　徒歩5分　県道131号油日神社

七　日吉大社……女神と御生れ(みあれ)

油日神社の項で紹介した「御生れ」とは、「神の誕生」・「神の降臨」・「神霊の更新」さらには「生命の誕生」等を意味する言葉である。自然信仰の大元が、山の持つ母性に対する祈りであると説く白洲正子にとって、「御生れ」は、カミと人とを結ぶ、大切な意味を持つ概念であったようで、様々な作品の中で語られる。特に『近江山河抄：日枝の山道』では、日吉大社の祭祀を通して山と母性、そして「御生れ」の世界に想いを馳せている。

日吉大社は比叡の山に宿る神を祀る神社である。**いわゆる比叡山は、小比叡**（八王子山：筆者註）**に対して大比叡とも呼ばれるが、どちらが先に神山とみなされたか、今は知る由もない。が、三上山や三輪山の例をみてもわかるように、まず里に近いこと、紡錘形の美しい姿をしていること、川がそばにあって、「神奈備(かむなび)」の条件をそなえていることが、神体山の特徴といっていい。してみると、小比叡の方がふさわしいということになる**〔この項の引用は全て、近江山河抄：日枝の山道〕。

▲八王子山を仰ぐ鳥居　広大な日吉大社の正面に建つ鳥居。その背後には八王子山と、ここに建立された大山咋命の荒御魂を祀る牛尾宮、鴨玉依媛の荒御魂を祀る三宮神社の社殿が望める。このことは、この山に日吉大社の本源がある事を物語っている。

日吉大社の祭神の構成は複雑で、天智天皇が近江に都を遷した際に、その

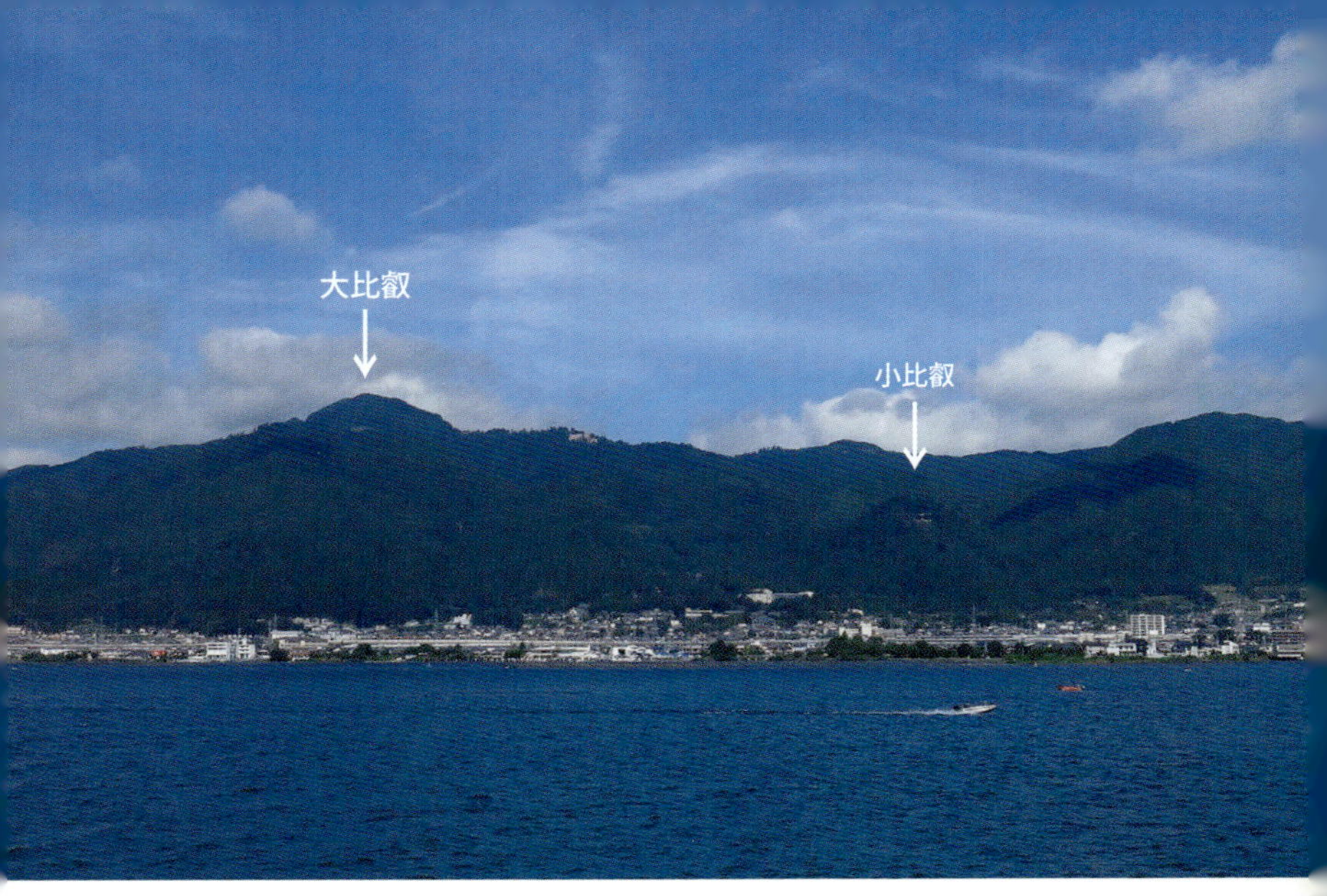

▲大比叡と小比叡　琵琶湖から観望した比叡連山。確かに小比叡は大比叡の山肌に隠れてはいるが、美しい神奈備型の山様は、比叡の女神が宿るに相応しい優しさを感じさせる。

▲八王子山　坂本の街並みから八王子山を仰ぐ。日々その姿を変える山ではあるが、春雨に煙る時には、とりわけ宿るカミの気配を強く感じる。

▲黄金大巌　八王子山に祀られる男女神の社殿の間に屹立する磐座である。本来、比叡のカミはこの磐に気配として宿っていたが、やがて男女の神に分かれ、それぞれが社殿に迎えられた。

護りとして大和から伴った「大物主命（おおものぬしのみこと）」を祀る本宮を中心に、九州から招いた「宗像（むなかた）の女神」、加賀から招いた「白山の女神」という、近江にとって、外来の神々を祀る西本宮と、古くから比叡に宿る神を祀る東本宮とに分かれる。日吉大社は国家の庇護を受ける巨大な神社に発展するが、この過程の中で外

▲三宮神社から牛尾宮と黄金の大巌　女性神を祀る三宮神社の扉越しに、男性神を祀る牛尾宮と、その間にある黄金大磐を観る。本来、この磐には女性神のみが宿っていたが、やがてものを生むために男性神が迎えられた。

▲日吉山王祭　春、命が胎動する季節。山上の男女の神は、新たな命を生みだしその力を郷に与えるために、連れ立って山を降りる。御生れの祭りの始まりである。

来の西本宮の社格が、在来の東本宮を上回るようになってしまった。**西本宮は天智天皇が近江に遷都した時、大津の京の鎮護のために、大和の三輪神社を勧請されたと聞く。**三輪の祭神は、**大物主（大国主または大山祇）で、日吉社における神格はそののち大山咋よりはるかに上になったから、いわば廂を貸して母屋をとられる結果となった。**

しかし、日吉大社の祭祀の中心をなす、日吉山王祭として知られる「御生れ祭り」は、東本宮を中心に繰り広げられる。そして祭の主役は、神体山である八王子山に坐すカミである。**この山は八王子山、牛尾山、また小比叡の山とも呼ばれる。神社へ向ってやや右手の方にそびえているが、大比叡のひだにかくれて、三上山ほど歴然としてはいない。**が、**神体山に特有な美しい姿をしており、頂上に奥宮が建っているのが、遠くからも望める。そこには大きな磐坐**（黄金大磐：筆者註）**があって、その岩をはさんで二つの社が建っているが、これは後に（平安朝ご**

ろ）**造られたもので、大和の三輪と同じように、はじめは山とその岩とが信仰の対象であった。**八王子山に宿る神とは、比叡の古い神である「大山咋命」の荒魂と「鴨玉依媛命」の荒魂の二柱の男女神である。そして八王子山の麓には両神の和魂が祀られる。荒魂とは、自然の中に漂うカミの気配で、恵をもたらすが、災害という災いももたらす自由気ままな姿である、対して和魂とは、人に恵をもたらすことが期待され、里に招かれ、神となった姿をさす。

春、山上の男女の神を祀る二棟の社殿に、御輿が担ぎ上げられ、一カ月あまりの間、山中に漂うカミの気配がここに宿るのをじっと待つ。その間二棟の社殿には、御灯と呼ばれる灯火が毎晩ともされる。小さな灯火であるが、麓から見上げると、黒々とした八王子山のシルエットを背景に二つの灯火が、あたかもカミの眼差しのように光るのが見える。そして4月12日の夜、男女神の荒魂は、里の人たちが担ぐ御輿に乗り、連れ立って山を下り、交わり、若宮が誕生

▲**樹下神社**　現在は日吉大社東本宮の摂社として祀られている。祭神は鴨玉依媛の和御魂である。白洲正子は、この神こそが比叡の山の本源であると語る。社殿は八王子山を背にあたかも、この山を拝するかのように建つ。

▲**東本宮**　日吉大社東本宮の主神である大山咋命を祀る社殿。しかし、この神の視線は比叡には向いてはいない。白洲正子流に表現すれば、「ものを生むために連れてきたお婿さん」だからであろう。

▲**樹下神社下殿の井戸**　樹下神社の下殿には井戸が祀られている。このことは、鴨玉依媛の本源は井戸、言うなれば、比叡の山が生み出す水であることを物語っている。水を生み出す山、そして井戸に女性神の姿が投影され、比叡のカミは、ヒエヒメとなり、そして鴨玉依媛となった。

する。**かくして荒御魂（あらみたま）は和御魂（にぎみたま）に生れ変わる。**

このように、御生れの祭りは、男女の神の和合による新たな神霊の誕生を、言い換えれば神霊の若返りを寿ぐ祭りであり、誕生した男女の神の内、男性神である大山咋命が本宮に、女性神である鴨玉依媛命が摂社の樹下神社に祀られる。神格は、男性神である本宮が上位にある。しかし、白洲正子はこの社殿の配置に違和感を覚える。

本殿に向って左側に、「樹下社（このもと）」という摂社があるが、景山先生の説によると、これが日吉信仰の原点で、玉依比売を祀っている。先生に指摘されて気がついたのは、この社は本殿に直角ではなく、ほんの少し右（南）へふっていることだ。その背後には、小比叡の山がそびえており、神体山の稜線にそうためには、社殿の位置を少しずらさねばならない。実は、本宮の拝殿と本殿を結ぶラインは、御上神社の本殿と同様に、あらぬ方向に延びるが、樹下神社の本殿と拝殿を結ぶラインは、見事に黄金大磐を通り、八王子山の山頂に至る。つまり、女性神である鴨玉依媛命こそが比叡の主神であることを示している。**物を生むためにはお婿さんが必要となり、そこで大山咋という男神が付加された。……この偉そうな名前を持つ神に、日枝の山はのっとられたが……。**

そして、この女神の本源を窺わせるものが樹下神社にある。日吉大社の本殿にはいずれも下殿（げでん）と呼ばれる床下の部屋がある。樹下宮の裏に回り下殿を覗き込むと、そこに「霊泉」と呼ばれる、石組みの井戸が掘られているのが見える。女神は、井戸の上に坐している。つまり、女神の正体は、比叡の山が生み出す「水」なのである。そう想いながら東本宮の社殿群を見ると、不思議な構造に気がつく。各本殿を水路が巡っているのである。水路をさかのぼると、大山咋命の父神を祀る大行事社の背面に築かれた石垣に行き当たる。そしてこの石垣の根元から、清冽な水が湧き出ている。この湧水は、神の名に因

▲律院の庭を流れる水　神に祝福された水は、里坊の庭園に入り更に流れ降る。庭を流れる比叡の水に対して、今度は仏たちが祝福し、力を加えるのである。

み「大行事水（だいぎょうじすい）」と呼ばれている。八王子山の端から生まれた大行事水は、大行事社の廻りを一周すると、一段下に建つ本宮の廻りを一周する。さらにこの水は降り、樹下神社に至り、この廻りを一周し、下殿の霊泉の水を合わせ、境内の外に出、やがて比叡の地主神社に源を発する大宮川に合わさる。一般に、建物の廻りに設けられた溝は、屋根からの雨水を受けるためのものと解されるが、そうであれば、わざわざ上から水を引き込む必要はない。神が坐す本殿の廻りに、比叡の水を巡らすことに意味があるのである。山で生まれた水に神々がさらに力を与え、そして里に送る。

外来の神を祀る西本宮はどうだろう。西本宮では、大宮川の流れに堰を造り、ここから本宮に向かって水が引き込まれる。そしてこの水は本宮の廻りを一周すると、下の宇佐宮に向かい、この廻りを一周する。流れは途中で瀧となり、白山媛（しらやまひめ）神社に至り、この社殿を一周し、そして大宮川に流れ込む。

神の水の旅は、ここで終わるわけではない。大宮川の流れは、途中で坂本の里坊と呼ばれる寺院群の中に引き込まれる。里坊とは、比叡山上での修行を終えた老僧が、余生を過ごすために座主から賜る、山下の寺院であるが、その多くに庭園が設えられる。そしてその庭園の多くが「流れ」の庭である。里坊の建つ坂本は、その名が示すとおり傾斜地であり、里坊は斜面を整地し段々に建てられている。日吉の神々が力を与えた水は、最上段の旧竹林院（きゅうちくりんいん）の庭園に入り、次に律院の庭を流れ、実蔵坊（じつぞうぼう）を通り、最下段の金臺院（こんたいいん）の庭園に引き込まれ、里を流れ、そして琵琶湖に到る。

比叡の女神が生み出した水と、これを見護る神仏が織りなす曼荼羅世界がここにある。

▼〈日吉大社㊴〉大津市坂本5-1-1
京阪電鉄 石坂線 坂本駅下車 徒歩10分（JR最寄駅：湖西線 比叡山坂本駅）
県道47号日吉大社

小さな命が生まれ、そして育つ

第二章
カミと仏の融け合う処

一　比叡山と最澄

……比叡に招かれた湖のカミ

冒頭でも紹介したように、白洲正子は、日本人の信仰は、森羅万象万物（しんらばんしょうばんぶつ）にカミが宿ると感じる自然信仰に、外来の仏教の神であるホトケが溶け込んで形成されたと見抜いた。そして所謂、本地垂迹説（ほんちすいじゃくせつ）は、仏教者が唱えた概念であるから、仏が主となり語られるが、実は、「黙して語らぬ木や石に宿る」日本のカミは、したたかに、生き続け、仏の影から、日本文化の形成と継承に影響を与え続けている。と語っている。この、日本のカミと仏教のホトケとの融合を試みたのが、奈良時代から平安時代初期にかけて、母なる山に籠もり、その力を得ようとした修行僧たちであり、その代表が伝教大師最澄である。

最澄は、奈良時代に、琵琶湖の水運に関わる、渡来系氏族の三津首百枝（みつのおびとももえ）の子として、比叡山麓の坂本で生まれた。十三才で出家した最澄は仏教者として

▲琵琶湖から望む比叡山　比叡山に夕日が沈んでいく。琵琶湖に宿る水のカミ、そして太陽のカミ薬師が、生き物たちを見守る一日を終え、そして繰り返される明日に向けて、暫しの休息に入ろうとする瞬間。感謝。

▲延暦寺の命の水弁慶水　延暦寺の堂塔は、いずれも水が湧き出ているところを選んで営まれる。水を祀ると共に、僧自身が生きて行くために水を必要とするからである。

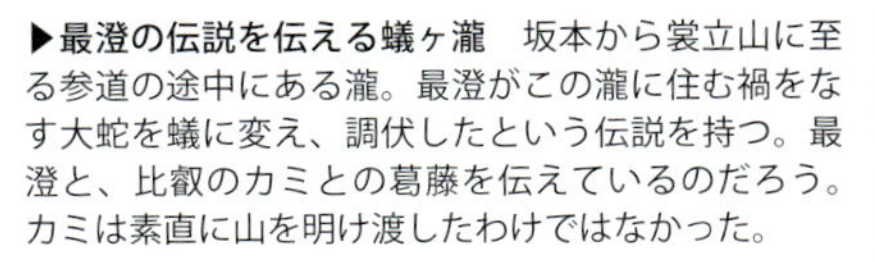

▶最澄の伝説を伝える蟻ヶ瀧　坂本から裳立山に至る参道の途中にある瀧。最澄がこの瀧に住む禍をなす大蛇を蟻に変え、調伏したという伝説を持つ。最澄と、比叡のカミとの葛藤を伝えているのだろう。カミは素直に山を明け渡したわけではなかった。

の頭角を現し、二十才で具足戒を受け、国家公認の僧となる。この地位は、現代に当てはめれば、文部科学省のキャリアに登用された事に等しい。前途洋々たる未来を約束された最澄であったが、この年、その地位を投げ捨て、突然、比叡山に籠もり修行を始める。この時、最澄は『願文』をしたため、ここに、山に籠もるに至った心情を書き綴った。『願文』は名文として知られ、これを読んだ桓武天皇は大いに感動し、以後、最澄の庇護者となり、天台宗発展の基礎を造ることになる。

『願文』に込められた最澄の想いは、次の文に凝縮されている。「三際の中間に修する所の功徳は独り己が身に受けず、普く有識に回施して、悉く皆無上菩提を得せしめん(今、私が比叡に籠もり、この山に宿るカミの力を借り修行をして得られる力は、私個人のために発揮するのではない。「有職」すなわち、生きとし生きるもの全てに分け与え、命あるもの全てと共に、幸せになるために使うのだ)」。この文章の根底に流れて

▲最澄が眠る浄土院　人間としての最澄は、弘仁十三年(822)にその命を終える。しかし、その魂は未だに生き続け、この浄土院に宿り、生き物たちの暮らしの移ろいと、未来を見つめている。

いるのは、森羅万象万物にカミが宿ると感じる、日本人のカミの概念そのものであり、従って、カミの宿るもの全ての命が等しい価値を持つ、という命の平等の思想である。もしこの思想が世界に広まれば、戦争など起こり得るはずがないのだが……。そして、比叡の山に籠もり、日本の神概念と、仏教の思想の融合を試み、新しい仏教の形を生み出した。言い換えれば、姿無き、言葉無き日本のカミに、教典という言葉と仏像という姿を重ね、その視覚化を図ったとも言える。

最澄は、自分の思想を広めるための中心となる神として、薬師如来という仏教の尊格を迎え、これを延暦寺の根本如来として据えた。なぜ、最澄は薬師如来に至ったのか？ その理由は、薬師如来という尊格が命を生み出す「水」と「太陽」を象徴する神として認識されていたからだと想像される。薬師如来の正式な名前は「薬師瑠璃光如来」という。瑠璃光とは水の光を象徴する。さらに薬師浄土は太陽が

▲琵琶湖を渡る薬師　瑠璃、則ち水のカミである薬師瑠璃光如来は、朝日昇る東方に坐す。朝、薬師の光が薬師の浄土である琵琶湖を渡り、比叡山に向かって影向する。比叡は水と太陽そして生命の曼荼羅世界が日々繰り返し現れる稀有な山である。

昇る「東方」に在るとされる。すなわち、薬師如来は、命を生み、そして育てる「水」と「太陽」という自然物を象徴する尊格として、位置づけられる。では、なぜ、比叡山なのか。それは、比叡山と琵琶湖の関係を観れば一目瞭然である。比叡の東には、近江の山々から生み出された水が集う、琵琶湖が横たわる。そして、その向こうから毎日太陽が昇る。山の端から太陽、すなわち薬師が姿を現すと、その光は、帯となって琵琶湖に映り、比叡に向かって伸び、太陽が昇りきると消える。太陽のカミ薬師が、瑠璃の浄土を渡り、比叡に向かって影向(ようごう)する景観が日々繰り返されるのである。このようなロケーションは世界の何処にもない。命の平等を思想の根源に据えた最澄にとって、この思想を広めるための聖地は、琵琶湖を臨む比叡しかなかった。かくして比叡山に延暦寺が建立され、これにならうように琵琶湖の水源となる山々に次々と、天台系の山寺が建立され、ここに、自然に宿るカミの心を持った仏たちが祀られる事になった。

この比叡山と琵琶湖との関係を白洲正子は、謡曲『白鬚』を引用して紹介している。**未だ神代の頃、釈迦が日本に渡来して、仏法流布の霊地を探していたが、琵琶湖のほとりで、釣糸をたれている翁に会い、土地をゆずってくれないかと交渉したが、翁は六千年も前から、この山の主として住んでいるので、釣りをする場所がなくなるからいやだといって断った。そこへ薬師如来が現われ、自分は二万年も前から住んでいるのに、この老人はそれを知らない。早々に開闢（かいじゃく）し給え。その時我も山の王となって、仏法を守護するであろうと誓い、釈尊ともども去って行った。老翁はその時以来仏法に転向し、白鬚明神として祀られるに至った。と物語る**〔近江山河抄：比良の暮雪〕。原文では、薬師如来は東方から現れ、釈迦に比叡を与え立ち去ると、湖水から龍神

▲白鬚神社と朝日　白鬚神社は、湖中に立つ鳥居が印象的な神社である。朝、琵琶湖に陽の光が走る。まさに水のカミ、太陽のカミ、薬師の影向を感じる。

▲琵琶湖から見た白鬚神社　謡曲『白鬚』では、白鬚明神は比良明神として語られる。社の建つ明神崎は、比叡から続く比良の山並みが唯一、琵琶湖と接する処である。ここが、湖のカミと山のカミとの交渉の舞台となったのは、必然だった。

が現れ、祝福の舞を舞う。このことは、薬師如来が比叡の東にある琵琶湖に宿るカミであることを示している。無論、仏法の聖地を求める釈迦は、最澄を暗示しているのだろう。琵琶湖のカミが最澄に比叡山を与え、その教えを広めることを許したのである。

このように、古くは比叡と琵琶湖は一体の聖地として意識されてきた。平安時代末に後白河法皇により編纂された『梁塵秘抄（りょうじんひしょう）』には「近江の湖（うみ）は海ならず、天台薬師の池ぞかし、なにぞの海、常楽我浄の風吹けば、七宝蓮華の波ぞ立つ」という謡が収められている。『梁塵秘抄』は、はやり歌を収録したものである。平安時代、名も無き市井の民までが、琵琶湖を「天台薬師の浄土」と認識していたのである。

このように、天台仏教は広く社会に受け入れられ、日本文化形成に大きな影響を与えたが、この基礎に流れるのは、比叡に象徴される、近江の自然に宿るカミに対する、最澄の深い敬いの想いではなかろうか。たとえば比叡山は、はじめは山全体が神として崇められたに相違ないが、やがて小比叡（おびえ）（牛尾山、八王子山ともいう）が神山となり、頂上近くにある岩が、神の降臨する座に定められ、そこで祭祀が行われた。祭祀のためには神社が必要になり、岩座をはさんで社が建ち、祭りも里へ降りて来て、人間の暮しの中に組み入れられて行った。そういう暮しの中から、後に最澄が生れ、再び山へ還って仏教の本山と化したのだが、その母体となったのは、太古からつづいた比叡の神であり、自然に対する信仰であった〔かくれ里：石をたずねて〕。そして、最澄の詠んだ詩から、〔阿耨多羅三藐三菩提（あのくたらさんみゃくさんぼだい）の仏たち　わが立つ杣（そま）に冥加（めか）あらせ給べ〕昔はつまらない歌だと思っていたが、何も考えずに口ずさんでいると、不思議な気持ちにおそわれる。たとえて言えば雲つくような大木が、比叡山の天辺にそびえていて、空へ向って何事か念じている、そういう景色が見えて来る。なんという一本調子の、芸のない歌であること

▲**延暦寺地主神社跡**　最澄に比叡山を明け渡した地主の神は、横川と西塔の間、大宮川の源頭部に祀られていた。山と水との分かちがたい関係を感じる。ここは、この川下に鎮座する日吉大社東本宮の奥宮と位置付けることもできる。明治の神仏分離令により、比叡の地主の神は姿を消した。

▲**永遠の時を刻む浄土院**　浄土院では、「侍真」と呼ばれる僧が、12 年間もの間、一歩も山を出ることなく、最澄に仕え続けている。最澄は人間としての命を終えたが、永遠の時間の中に確かな存在として生き続けている。

▲延暦寺への道　悲田谷　比叡山には数多くの古道が残されている。それだけ多くの処から、多くの人たちが参拝したのだろう。八王子山から東塔に向かう道が悲田谷である。静かにたたずむ石仏群が比叡に対する信仰の篤さと永さを物語る。

▲比叡の永遠を示す西塔の弥勒石仏　西塔の山中にひっそりと坐す弥勒の石仏。幾星霜もの時の荒波により痛んだお姿が痛ましい。背に穿たれた穴には経典が収められていた。五十六億七千万年後に現れる弥勒如来に比叡を託すために。

か。だが、**最澄はきっとそんな人間で、ただ芸もなく「冥加あらせ給べ」と祈りつづけたに違いない。そこが尊く思われる**〔近江山河抄：日枝の山道〕。「冥加」とは「一般に仏の加護」と解されるが、ここで最澄が切願した「冥加」とは、自然に宿るカミの加護を指すに相違ない。

▼〈延暦寺㊵〉大津市坂本本町4220 🚃京阪電鉄 石坂線 坂本駅下車 坂本ケーブル乗り換え（JR最寄駅：湖西線 比叡山坂本駅）🚗比叡山ドライブウェイ利用 ▼〈白鬚神社㉛〉高島市鵜川215（JR最寄駅：湖西線 近江高島駅）🚗国道161号 白鬚神社

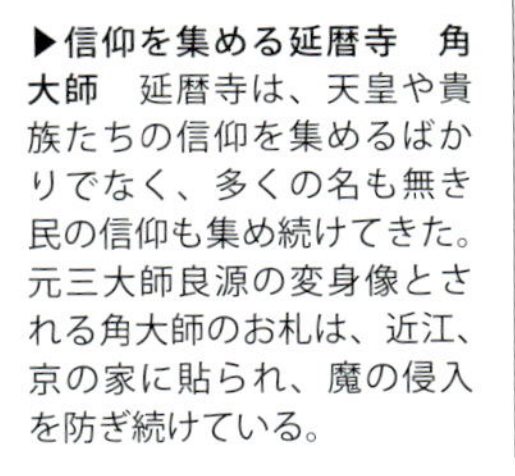

▶信仰を集める延暦寺　角大師　延暦寺は、天皇や貴族たちの信仰を集めるばかりでなく、多くの名も無き民の信仰も集め続けてきた。元三大師良源の変身像とされる角大師のお札は、近江、京の家に貼られ、魔の侵入を防ぎ続けている。

▶豆大師　元三大師良源が、小さく三十三体描かれる事から「豆大師」と呼ばれるお札。良源の衣が恰も米俵のように表現されている。田畑にこのお札を掲げると、病害虫を予防するという御利益がある。命を守る比叡らしいお札である。

▲最澄の理想を伝える相輪樘　最澄は延暦寺を日本の中心に据え、全国に六カ所の宝塔院を建立した。その一つが西塔の相輪樘で、安中、つまり日本の中心とした。そして精神的な中心を安総、近江にある比叡山東塔と位置づけた。

◀天辺に聳え立つ大木　白洲正子が最澄を表した天を衝く大木とは、このような樹木なのであろうか。西塔の釈迦堂の前には、天に届けとばかりに伸び上がる巨木の群れがある。

二　葛川明王院と回峰行
……祈りに感応するカミ

近江の自然に宿るカミと仏との融合を試み、新しい仏教の姿を創り出した最澄の思想を、最もピュアに受け継いだ修行僧が、比叡山回峰行の祖と仰がれる「相応(そうおう)」である。**相応は、近江浅井郡の出身で、櫟井氏といい、孝徳天皇の遠孫と伝えられる。十五歳の時叡山に上り、十七歳で剃髪した。生れつき信仰心の厚い少年で、修行の合間に花を摘み、毎日かかさず根本中堂へ供えていた**〔かくれ里：葛川明王院〕。花を捧げ続けられた根本中堂の主とは、最澄が迎えた、近江の自然を象徴する薬師如来である。そして、ここで言う「花」とは、単純に美しい花卉としての花ではなく、山の気、いうなれば、比叡の山に宿るカミの依代(よりしろ)としての「花」である。「花」とは常緑の枝葉を「木花(きばな)」と表現するようにカミの依代となる植物全てを含む語でもある。この項では

▲無動寺不動堂　相応の祈りに感応した薬師如来は、無動寺谷に相応を導く。相応はここに不動堂を建立した。以後、不動堂は回峰行の中心となり、多くの回峰行者を比叡のカミの元に送り出している。

▲葛川三の瀧の瀧壺　三の瀧は深く大きな瀧壺を造る。瀧壺に突き刺さるように流れ落ちる瀧水はまさに、不動明王に託された男性力であることを実感させる。相応はここに、生身の不動明王を感得した。

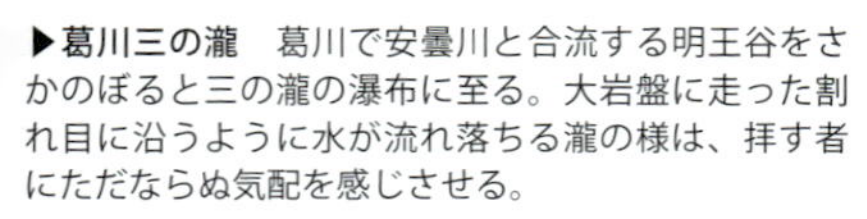

▶葛川三の瀧　葛川で安曇川と合流する明王谷をさかのぼると三の瀧の瀑布に至る。大岩盤に走った割れ目に沿うように水が流れ落ちる瀧の様は、拝す者にただならぬ気配を感じさせる。

「花」をキーワードに相応の足跡と、これを継ぐ者たちの姿を追ってみたい。

相応の望みは、生きた不動明王に見(まみ)え、そしてその姿を留めることにあったという。花を捧げ続けられた薬師はやがて相応の願いに感応し、後に回峰行の中心となる比叡山無動寺谷を与える。ここに草庵を結び、修行に邁進する相応であったが、不動明王に見えるため、さらなる聖地を求め、比良山中に分け入る。ここで、**二十九歳の頃のことで、一切の穀類を断ち、草と木の実で命をつないでいたが、ある日シコブチ明神が、老翁と化して現われ、この谷を奥深く入ったところに、前人未踏の霊地がある。その山中にある「三の滝」で、必ず不動明王にまみえることができるというお告げを受け、常鬼・常満という二人の童子に案内され、和尚は安曇川の源ふかく分け入った。……その滝の前で、和尚は一七日の間断食をし、不眠不休で一心不乱に祈念した。満願の日、滝壺に目を凝らしていると、長年夢みた不**

▲相応墓　鳥居と瑞垣による結界の中に相応の墓がある。仏教者であるはずの相応の前に、神の結界である鳥居が建っていても何の違和感もない。むしろ、神と仏を結んだ者の墓に相応しい。

▲無動寺谷弁財天の不動　無動寺弁財天堂の裏には四谷川の源流となる川が流れ、その段差に人工の瀧が設えられている。元は自然の瀧だったのだろう。この瀧を見つめるように、岩室に不動明王が安置されている。

▲比叡に咲く花　相応は、根本中堂の薬師如来に対し、毎日欠かすことなく花を捧げ続けた。花とは、自然のカミが宿る依代であり、自然の力そのものをも意味する。よって人は花を愛する。

動明王が、水しぶきをあびて立っているではないか。思わず彼は水中に飛びこみ、しっかと抱きついたが、気がついてみるとそれは桂の古木であった。で、今見たばかりの生々しい像を、その木の上に刻んだが、これが現在伝わる明王院の本尊で、同じ材をもって造った他の二体を、一つは比叡山へ、一つは近江の伊崎寺へおさめたという〔かくれ里：葛川明王院〕。かくして、三の瀧を含む葛川の地は、不動明王の聖地となり、ここに葛川明王院が建立された。

不動明王とは、無論、仏教の神であるが、インド・中国にはほとんどその姿はなく、日本で特異に発達した尊格である。その恐ろしげな容貌と、背負う迦楼羅炎（かるらえん）から、降魔の神のイメージが強い。しかし、その祀られる場所を観ると、不思議な共通点に気づく。瀧や湧水等、水に関係する処に多く祀られるのである。おそらく不動明王に込められた切願として、太郎坊赤神不動で触れたように、水を生み出すための男性象徴としての役割があったと考えられる。モノを生み出す事を視覚的に表現しようとすれば、男女神の和合による「御生れ」の姿をわかりやすく演出する必要がある。このための男性象徴として選ばれたのが不動明王なのだろう。そして、生み出される「モノ」とは「物」でも「者」でもなく、「モノの気」の「モノ」であり、その象徴が生命を生み、育む「水」である。とするならば、不動明王とは、水を象徴する男性神と解する事ができる。不動が必ず持す剣は男性力を象徴し、これが流れ落ちる瀧水に重なる。

瀧とは、山で生まれた水が里に流れ下る間に通過する、最大の変曲点である。瀧の下から見上げると、水が天から降臨するような錯覚を覚える。瀧より上流の水は、カミの世界の水であるが、剣に象徴される瀧水は瀧壺と交わり、ここで里の水が生まれる。よって、瀧壺は、水を生み出す女性象徴として

▲回峰行者　回峰行者は独特の出で立ちで行を修する。その姿のモデルとなっているのは、彼らが目指す不動明王そのものの姿であるという。

◀**回峰行の道　西塔へ**　行者道は、観光の道とあるところは交わり、あるところは離れ、山中を縫って行く。道の先々には行者の祈りを待ち受ける神仏たちが佇んでいる。「お、今日も来おったか」「待ってたで」。

▲**回峰行の道　浄土院**　回峰行の道は、比叡山中と麓の坂本を結ぶ30㎞に及ぶ山道である。この間に行者は、様々な神仏に対して祈るが、最澄が眠る浄土院には特に丁重な祈りが捧げられる。

意識され、ここに多くの場合、女神である弁才天が祀られる（女性神としての弁才天については江北編の竹生島の項で紹介する）。

このように考えれば、相応の神話は、自然のカミと宗教者との交渉の物語であることが、容易に理解できる。三の瀧は、里の水を生み出す聖地であり、ここから得られた「桂の古木」とは、自然のカミの依代としての「花」であり、ここから刻みだされた不動明王とは、水に象徴される自然の気配が可視化された神の姿である。このように自然に宿るカミの力を得た相応により、比叡山回峰行が始められた。

比叡山回峰行とは、比叡山中をひたすら歩く行で、その頂点が「千日回峰行」である。千日回峰行は、千日間を七年をかけて歩き通す行で、その距離は約三万キロにも及ぶという。しかし、山中をただ歩くのではない。回峰中、三百カ所にも及ぶ処で、樒（しきみ）の葉を「供華（くげ）」しながら、礼拝・遥拝を繰り返す。この祈りを捧げる処は神社仏閣に限らず、

▲**回峰行者の草鞋**　行者は１日１足の草鞋を履き潰す。満行までには千足の草鞋が使われる事になる。これらの草鞋は、信者の手により造られ、行者の元に届けられる。

無動寺道の相応水

▲**不動明王への水を汲む閼伽井**　千日回峰行で七百日の回峰を終えると行者は堂入りを修する。九日間の不眠不臥絶飲食の行中、一日に一回だけ深夜に行者は堂外に出、不動明王に捧げる水をこの閼伽井から汲む。

巨巌・水・樹木などの自然物が多く含まれる。この自然物に対する祈りにこそ、回峰行の意味がある。

行を終えると行者は生きた不動明王となり、大阿闍梨と尊称される。ただ歩き回るだけでは神にはなることはできない。と

峰道の玉体杉

▲**回峰行の道　祈り**　行者が祈りを捧げるのは神仏だけではない。巨木、巨巌、そして湧水。自然物に対しても祈りは捧げられる。なぜなら、そこにはカミが宿り、その力を受けることにより、行者は不動明王という神に変身することができるからだ。

▲葛川地主神社　始め、相応に葛川の地を明け渡したシコブチ神を祀っていた。しかし、時の流れは、シコブチを片隅に追いやり、天台の神、そして国家神が迎えられ今に至った。カミは変わらないが、神は人の思惑により変貌する。

▲地主神社裏のシコブチ神　本来の主であったシコブチ神は、摂社に追いやられてしまった。しかし、行者は、シコブチ神に対する恩を忘れず、夏安居に際して、シコブチ神に手作りの華蔓(花)を捧げる。

ころが行者は千日間、毎日同じところを通り、ここで祈りを捧げる。一度だけ祈りを捧げられても、自然物に宿るカミが行者に感応することはない。しかし、何度も、何度も祈りを捧げられ続けた自然のカミたちは、やがて心を開き、行者に少しずつその力を与えはじめ、千という無限を象徴する数に祈りと、祈りに対する感応が共鳴したとき、行者は、自

▲**葛川明王院**　相応が三の瀧で不動明王を感得して以来、この地は行者の大切な修行の場として受け継がれて来た。見方を変えれば、安曇川の神が、延暦寺にこの地を明け渡したともいえる。葛川明王院は、不動明王の聖地として、数多くの参籠者を迎えてきた。

然を象徴する神である、不動明王となるのである。

　しかし、回峰行者は人間である。人間が神になるためには、人間の体を捨てて生まれ変わらなければならない。このための手続きが、七百日の回峰を経た後、直ちに修される「堂入」である。堂入とは、行者が九日間不動堂に籠り、十万回の不動明王の真言を唱え続ける行で、その間、絶飲食・不眠・不休・不臥で臨む。通常の人間であれば「死」に到る壮絶な行である。行の間、行者は一日に一回だけ、不動明王に捧げる水を汲みに堂外に出る。**人間にとって極限の苦行である。生死の境を超えて復活した人間は、もはや前と同じ人間ではない、肉体とともにもろもろの欲情は克服され、仏と一体になる。或いは大自然と同化するといってもいい**〔私の古寺巡礼：回峰行について〕。回峰行者は、一度死に、そして神として生まれ変わるのである。行者が籠る不動堂は母の胎内に他ならず、不動明王に水を捧げる行は、行者が目指す不動明王が、水に象徴される自然の神であることを物語っている。

　回峰行者の行に、葛川明王院を舞台に修される「葛川夏安居」がある。この行は、不動明王に供える花を携えた回峰行者が、葛川明王院に一同に会し、相応が、生身の不動明王を感得した足跡を追体

▲太鼓回し　相応の行を追体験する行が、明王院を中心に行われる葛川夏安居である。この行のクライマックスが太鼓回し（右下：床に付いた太鼓回しの傷）で、相応が三の瀧に飛び込み不動明王に抱きついたという故事に基づく。（重田勉氏提供）

験する行である。そして、行のクライマックスに「太鼓回し」が修される。この行は、相応が不動明王に見えるため、三の瀧に飛び込んだ様を再現するものとされている。明王院の礼堂で、村の若者が相応縁の桂の木で造った太鼓を回す。そして太鼓が止まると、この上に行者が乗り「大聖不動明王これに乗って飛ばっしゃろう」というかけ声と共に、明王堂の床に飛び降りる。太鼓は渦巻く瀧壺の流れを表し、明王堂の床は瀧壺を表す。行者は不動明王を目指す者であり、言い換えれば、モノを生み出す男性象徴であり、女性象徴である瀧壺と交わり、新たな命を生み出す。この時、自然に宿るカミと仏が融け合う。（回峰行は）**古代の自然信仰の伝統をそのまま受けついでいる。彼らは山を拝み、木を礼拝し、石の前に頭を垂れる。自然が神であり、仏でもあるからだ**（私の古寺巡礼：観るということ）。

▼〈葛川明王院㉙〉大津市葛川坊村町155　JR湖西線 堅田駅よりバス 坊村下車　徒歩5分　国道367号坊村

三　伊崎寺……生身の不動明王の祈り

相応により始められたとされる回峰行と関わりの深い寺院が、近江八幡市の伊崎寺である。寺伝に拠れば、役行者が開基し、相応が、葛川三の瀧で不動明王の化身として得た桂の古木に刻んだ、三体の不動明王の内一体を本尊として安置し、寺観を整えたとされる。この伝統から、比叡山延暦寺の別院として、代々、千日回峰行を満行した大阿闍梨（だいあじゃり）が護る、格式の高い寺院となっている。

伊崎寺は、比叡山から見れば、琵琶湖の対岸に浮かぶ伊崎島の絶壁に建つ船を使って参拝する寺院であった。一見すると、山の行である回峰行との関連性を窺うことが難しい立地である。しかし、回峰行を〝モノを生み出すため、自然のカミと仏とを融合させた行〟であることを前提に、回峰行者が目指す不動明王を通して見みれば、この立地の意味が理解できる。

▲伊崎寺遠景　今でこそ伊崎寺は、陸から参詣する寺であるが、かつては琵琶湖に浮かぶ島に建つ寺で、船を使って参詣しなければならなかった。琵琶湖を強く意識しなければ、このようなところに寺は建てられない。琵琶湖と共にある寺、それが伊崎寺である。

▲御護摩を修する大阿闍梨　伊崎寺は代々、千日回峰行を満行し、生きた不動明王となった大闍梨が護る、格式の高い寺である。寺では大阿闍梨が日々、信者と世の安寧を祈念し護摩行を修している。

▲琵琶湖からの参道と本堂　伊崎寺の玄関は琵琶湖である。

伊崎寺には三人の不動明王がおられる。一人は、生きた不動明王となられた大阿闍梨。一人は、本堂の本尊で、相応が三の瀧で感得した不動明王。そしてもう一方（ひとかた）は、「伊崎の棹飛」として著名な行が修される、棹飛堂の本尊である。

棹飛堂に参入し、不動明王を礼拝する。しかし、そこにはあの見覚えのある不動明王の姿はない。巨大な磐が堂内にあり、いや、巨大な磐の前面に張り付くように堂が建てられており、この磐が堂内に見えている。そして、この磐が、不動明王として礼拝されているのである。磐の前には注連縄が張られ、鏡と御幣が供えられている。あたかも神社の神祀りを見るようであるが、生きた不動明王である大阿闍梨はここで護摩を焚き、経を誦し、不動明王の真言を唱える。自然の磐に宿るカミを、不動明王という仏教の尊格として、何の違和感もなく祀っている。まさにカミと仏が融合した姿がここにある。

そして、この棹飛堂を舞台に修される行が「伊崎

▲棹飛堂の本尊　伊崎寺には、お二人の不動明王が本尊として祀られている。一人は本堂に坐す仏像としての不動明王。そしてもう一方が棹飛堂に祀られるこの巨巌である。姿は見えないが、確かにこの磐の中に、不動明王は宿っている。

◀棹飛堂の外部　琵琶湖に面して屹立する巨巌に張り付くように棹飛堂が建っている。この磐が神であり、その神を拝する堂であるから、このような形となった。本当は磐全体を堂の中に取り込みたかったのだろうが……。

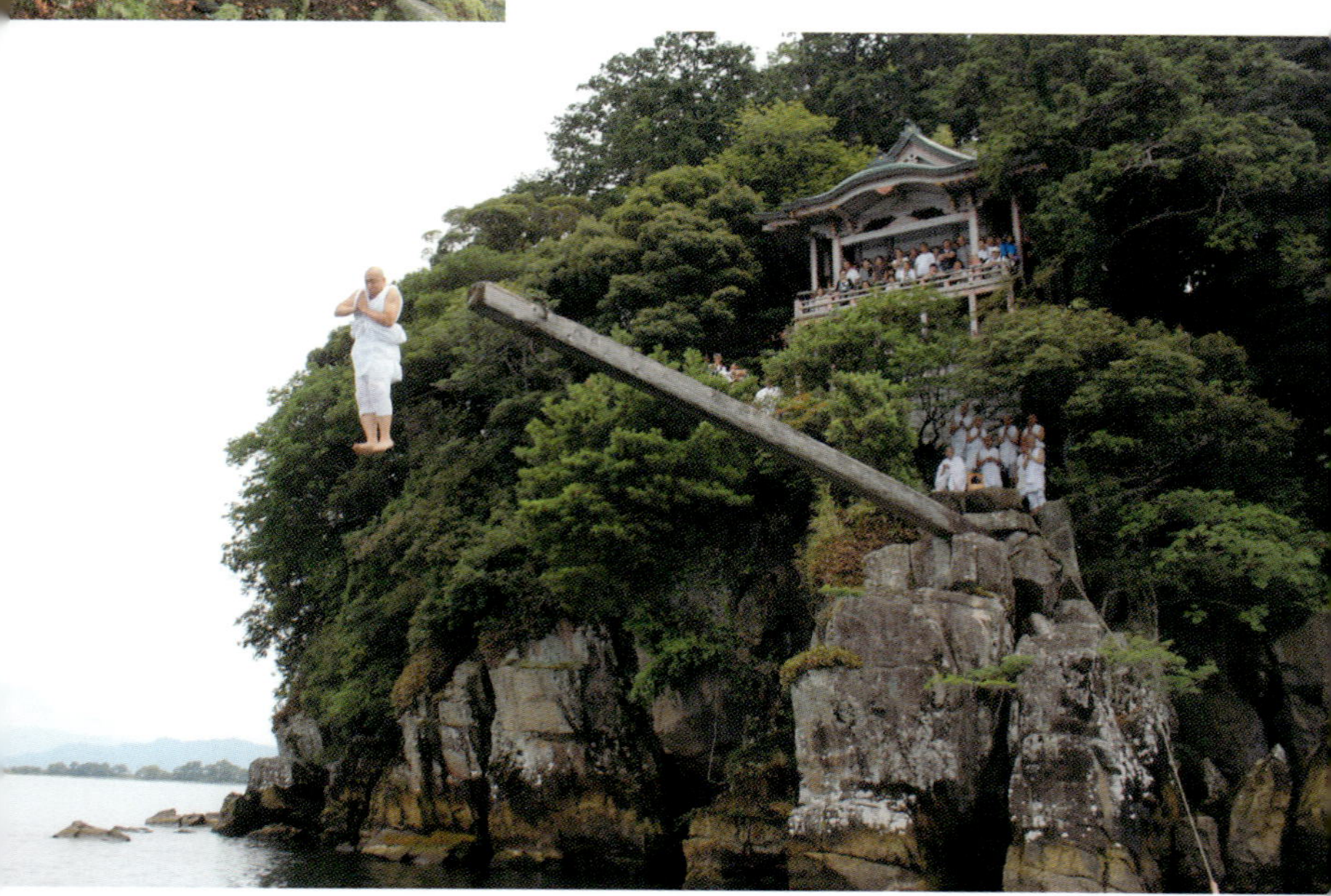

▲伊崎の棹飛　伊崎寺の千日会で修される行。回峰行を修する行者が、琵琶湖に突き出た棹先から琵琶湖に飛び込む。同じ行者が葛川明王院では、太鼓の上から三の瀧の瀧壺に見立てた床に飛び込む。（近江八幡市観光物産協会提供）

▲竹生島に通じるという洞　伊崎寺の本堂は岩盤の上に建っている。その岩盤にあいた横穴に小さな不動明王が祀られている。この穴は竹生島に通じているという。男性神の不動明王が女性神の弁才天に逢いに行く秘密の通路？

の棹飛」である。この行は、棹飛堂の前面から琵琶湖に突き出た13m余りの棹先から、回峰行を修した行者が、約7m下の琵琶湖に飛び込む、というものである。一般に棹飛は、天台の荒行である「捨身（しゃしん）」の行であるとされる。しかし、葛川明王院との関係を考えれば、この行の意味が容易に理解される。共通点は、〝行者が水に飛び込む〟という行為である。

葛川明王院では、行者が、三の瀧の瀧壺を象徴する床に飛び込む。この意味は、男性象徴としての行者が、女性象徴としての瀧壺と交わることにより、新たな命を生み出す行為と解した。これを伊崎の棹飛に当てはめる。棹飛堂の本尊である大磐に宿る不動明王の元から琵琶湖に突き出た棹は、云うまでもなく男性象徴である。そして、これも、男性象徴としての行者が、この竿先から琵琶湖に飛び込む。琵琶湖とは、近江中の水が集まり、竹生島の弁才天が護る、命を生み出す女性象徴である。琵琶湖と交わった行者は、新たな力を琵琶湖から受け取り、一歩、神の領域に近づくのである。

琵琶湖の源流である明王谷で繰り広げられる、自然のカミと仏とが織りなす物語は、生み出された水が集う琵琶湖を舞台に新たな物語を紡ぎ、これを比叡の山が静かに見つめている。

▼〈伊崎寺⑥〉近江八幡市白王町1391　🚃JR近江八幡駅よりバス堀切港下車　徒歩25分　🚗県道25号より伊崎寺P　徒歩20分

四　岩間寺……霊木から顕現したカミ

一九六四年、白洲正子は西国巡礼の取材に旅立つ。西国巡礼とは大和長谷寺の僧である徳道（とくどう）により始められ、平安時代に花山院（かざんいん）が整備したとされる、三十三カ所の観世音菩薩の聖地を巡礼する旅である。三十三とは、観音の広大無辺な無限の慈悲を表す数字で、近江には「岩間寺」「石山寺」「三井寺」「竹生島宝厳寺」「長命寺」「観音正寺」の六カ所の霊場がある。白洲正子は巡礼を続ける中で、観音様の中に日本のカミの姿を見いだす。観音様の、**融通無碍な存在が、たとえば日本の神々と混淆（こんこう）したり、山岳宗教やお地蔵さんと交わったりするのは、当然な成行きであろう。そこに真意があるのだから仕方がない。真正面からではなく、いわばすき間から春風のように流れこんで来る、どこからともなく花の香りがただよう、そういうものが、観音の美しさであり、人に安心を与える所以かとおもう**（西国巡礼：西

▲岩間寺本堂　西国観音霊場第十二番札所が岩間山正法寺、通称岩間寺である。本尊は千手十一面観音。夜中、衆生を救うために走り回っているので、何時も汗を浮かべている「汗かき観音」として親しまれている。

▲本尊出現の霊木　本尊千手十一面観音は、後に白山の女神を十一面観音として感得する泰澄が、ここに立つ桂の霊木の中から感得した仏と伝えられる。自然物にはカミが宿り、そのカミが仏となり、人の願いを受け止める。

◀桂の神木　岩間寺から派生する谷には桂の巨木が群生している。桂は水辺に生え、日吉大社をはじめ、水に縁ふかい社寺の神木となることが多い。この永い年月を経た桂の巨木もまた、神として崇められている。

国巡礼について」。

白洲正子は十二番札所岩間寺に詣で、ここに、泰澄（たいちょう）が桂の霊木から感得した、千手十一面観音が祀られている事を知る。千手十一面観音とは、江北編で詳しく触れるが、十一面観音と同様、水を生み出す自然の母性を可視化した姿でもある。桂は、水辺に生え、水神の宿る木として意識される。この桂に宿る水のカミが、泰澄の手により、仏の姿となって岩

▲岩間寺本堂へ続く道　多くの善男善女の信仰を集める岩間寺には、四季折々の花が咲き乱れ、あたかも観音浄土を散策しているような気分にしてくれる。

◀雷よけの神木　泰澄は、度々伽藍に落ちる雷を法力で封じ込めた際、雷を弟子とするかわりに、岩間寺に詣でる善男善女には悪さをしない、と誓わせた。それ以来岩間寺は、雷封じの寺としても親しまれている。

間寺に現れたのである。この様を白洲正子は日本の仏教は、自然信仰の、**野生のエネルギーが、仏教を消化し、発展させたといえるのではないだろうか。そういうものがなかったら、日本の仏教は、抽象的な学問に終ったかも知れない**〔西国巡礼：岩間寺〕と語っている。

▼〈岩間寺①〉大津市石山内畑町82 🚃ＪＲ石山駅よりバス 中千町下車　徒歩60分（毎月17日は石山駅より直通バスあり）🚗県道106より岩間寺方面へ

五　石山寺……磐に宿るカミを祀る寺

琵琶湖から始まる水の路が「瀬田川」と名前を変え、京・奈良・大阪へと流れ下る、その喉元にある寺院が石山寺である。その縁起は〝昔、聖武天皇が大仏に塗る金を得るため、良弁に命じ吉野金峰山で祈らせた。しかし、夢中に現れた蔵王権現は、金の提供を拒み、代わって、近江の瀬田川の川畔で金を求め祈るよう告げる。これに従いこの地に至ると、比良明神が現れ、白く輝く大磐に良弁を導く。良弁は、ここに草庵を結び、聖徳太子縁（ゆかり）の如意輪観音を安置し、祈り続けた。すると、奥州から金が産したという知らせが届く。喜んだ良弁は、磐の上に安置した仏と共に奈良に帰ろうとするが、仏はどうしても磐から離れない。仕方がないので良弁は磐と仏を覆う堂を建立し、この仏を本尊とした。これが石山寺の始まりであり、今も本尊の如意輪観音は、この大磐の上に坐している。〟

▲**石山寺哇灰石**　哇灰石は大理石系の変成岩で、日本には少ないが、特異的に石山寺の境内には広く分布する。いや、この白く光る哇灰石の在るところに霊威を感じ、石山寺が建立された。

（石山寺は）**全山石の山で、本尊の如意輪観音が岩上に安置されているのは、良弁の持仏（やはり如意輪観音）が、岩にくっついて離れなかったという伝説に基づいており、巨巌信仰の聖地でもあったことを語っている**（近江山河抄：紫香楽宮）。

この如意輪観音が坐す大磐とは、石山寺の硅灰石として有名な大岩盤である。事実、石山寺の本堂をはじめとする多くの堂舎が、この硅灰石上に建立されている。石山寺の縁起と伽藍のあり方は、正に、日本の古いカミと、仏教の仏との融合の様を表現している。硅灰石は紛れもなくこの地に宿るカミの宿る磐座で、ここを良弁に紹介した比良明神は、近江の地に古くから坐すカミの代表なのだろう。近江のカミは、良弁に象徴される仏に、この地を明け渡した。しかし、磐に宿るカミは、仏の像の中に入り込み、これを磐と同化させてしまった。カミに取り込まれた仏は、この磐座から離れることが許されない。これを感じ取った仏教者は、仏となったカミを本尊として祀るため、磐座を覆うように本堂を建立した。まさに、

▲石山寺の前を流れる瀬田川　琵琶湖は瀬田川、宇治川、淀川と名前を変えて海に至る。石山寺は湖と川の境目に開かれた寺であり、神仏を祀る聖地であると同時に、水の路の起点を扼する、政治経済の要衝でもあった。

▲硅灰石の上に建つ社殿　石山寺の堂塔は硅灰石を基礎に建っている。その姿は磐座の上に坐す神の姿を想い起こさせる。神も仏も大地の力を受けなければ、その力が衰えてしまうのだろう。

▲石山寺本堂　本堂もまた、哇灰石の上に建つ。そもそも、本尊の観音が哇灰石から離れなくなってしまったのだから仕方がない。本尊が坐す磐を覆うように、壮大な本堂が建てられた。

▲本堂の懸け造り　観音様を覆うように本堂が建てられた。やがて観音様の功徳に預かろうと、多くの善男善女が参拝するようになった。観音様は動かない。参拝者を収容するためには、礼堂を崖にせり出して造るしかなかった。

▲安産石　経蔵の床下の哇灰石に座布団が敷いてある。妊婦がここに座ると安産になるとのこと。命を生み出す大地の力が、妊婦に伝わることを期待しているのだろう。

日本人が古くから抱いていた神概念を包み込むように、仏教がカミに近付いていった姿を窺わせる。

当然のことながら、仏の姿を写した仏像は動かすことができる。従って、広く平らな土地に仏堂を建立することが可能である。このため奈良時代以前の寺院は、いずれも適地を選び、ここに整然と堂塔伽藍を建立した。しかし、石山寺は、地に宿るカミが仏教の仏に融け込み、本尊となったのだから、本尊の居場所は動かせない。そのため、本尊の坐す急峻な崖を、本堂の中に取り込まなければならなかった。その結果、懸け造りという特殊な建築技法が採用され、独特の景観が生み出された。この傾向は清水寺をはじめ、多くの観音霊場の本堂に見られる。

壮大な懸け造り本堂の下に「閼伽池（あかいけ）」と呼ばれる神秘的な池がある。閼伽（あか）とはアクアから派生した国際語で、聖なる水を指す。閼伽池の水源を辿ると、本堂が建つ、いや、本尊が坐す哇灰石の下から湧き出ていることが解る。見方を変えるならば、閼伽池に集う水は、本尊が生み出した水なのである。哇灰石に坐し、そして宿る神仏は、清浄な「水」という恵をもたらし、これに対する感謝が祈りとなり、これが、石山寺の壮大な伽藍を生み出す原動力となったのであろう。

▼〈石山寺㉟〉大津市石山寺1・1・1 🚃京阪電鉄 石坂線 石山寺駅下車 徒歩10分（JR最寄駅：石山駅） 🚗国道422号石山寺

▲**子安観音**　本堂横の哇灰石の前に、子安観音の石仏が祀られている。よく見ると観音の背後の哇灰石には、割れ目が走っている。大地に宿る母性に子を授ける力もあると感じ、ここにこの観音が迎えられた。

▲**本堂と閼伽池**　哇灰石の崖に本堂が建っている。その足下に閼伽池と呼ばれる神秘的な池がある。よく見ると、哇灰石の割れ目から湧き出る水がたまった池である。この水は観音様に供えられる。見方を変えるなら、この水を生み出す哇灰石の上に観音様が祀られているわけだから、この水こそが観音様の本体と言うことになる。石山寺は、哇灰石と、ここから生まれる水、という自然物への祈りから始まった。

▲**石山寺多宝塔**　多宝塔は、密教の世界を象徴する建物として鎌倉時代以降盛んに建立された。源頼朝の寄進になるこの多宝塔は、日本最古で、しかも、日本で一番美しい多宝塔と言われている。

▲**九頭竜神を祀る池**　境内に九頭竜神、則ち水神が祀られている。水神の社は、池の中に浮かぶ島の上に建つ。その姿はあたかも、琵琶湖に浮かぶ弁才天という水神を祀る、竹生島を連想させる。

六　三井寺……地の水を祀る寺

天台宗寺門派の総本山である園城寺は、琵琶湖をのぞむ丘陵上に、壮大な伽藍を構えている。寺名の由来は〝弘文天皇の親王である与太王(よたおう)が、父の菩提を弔うため寺の建立を天武天皇に願い、許された。王は、自分の御園に天智天皇が招来した弥勒菩薩の像を迎え、寺院を建立した。よって園城寺と呼ばれるようになった〟。また、〝境内から天智・天武・持統三帝の産湯に使った霊水が湧き出ることから「三井寺」とも呼ばれる〟とも伝えられている。

現在の寺観は、豊臣秀吉による闕所令(けっしょれい)により完全に破壊されたものを、秀吉の死後に豊臣一族や徳川幕府により復興した姿である。

近江八景「三井晩鐘」のモチーフとなった鐘楼を過ぎると、巨大な本堂が目に飛び込む。本尊は絶対秘仏として鄭重に祀られる弥勒菩薩である。そして、本堂の左手に目を移すと、美しい小さなお堂が

▲三井寺の本体でもある長等山　三井寺の背後に、たおやかに聳える山が長等山である。三井寺は円珍により、本格的寺院としての歩みを始めるが、大元は、この山に由来する自然のカミがもたらす恵、特に水の恵への祈りであったと考えられる。

▲三井寺本堂　本堂の主は、天智天皇の念持仏で、三国伝来の弥勒菩薩であるが、絶対秘仏で、誰もその姿を直接拝した者は居ない。この巨大な本堂は、本尊の霊威の高さを視覚的に物語っている。

建っていることに気付く。三帝の産湯伝説の元となった、霊泉を覆う「閼伽井屋（あかいや）」である。白洲正子は、閼伽井屋から湧き出る霊泉についてこのように語っている。**金堂の裏手に、三井の名の起こりである霊泉があった。……しめ縄をはった岩の間から清水が流れており、それが一定の間をおいて、奈落の底からひびいて来るような音を立てて湧きあがる。千年も、いや何千年も前から、この泉はあきもせず、不気味な独言をいいつづけて来たのだろう**〔この項の引用は全て、西国巡礼：三井寺〕。そして、この地から湧き出る水の力に打たれたのか、**その時、私は、……この寺の「黄不動」の像を、思い浮かべた。それは展観というより、ご開帳という気分だったが、香の煙の中に浮かんだあの不動の姿は忘れられない。……力強く、画面いっぱいに立った姿からは不思議な妖気が迫って来た。その不動と泉が似ているといったらおかしいが、それと同じものを私は、たしかにこの音の中に聞いた。**神秘的に湧き出る水

▲本堂と閼伽井屋　弥勒菩薩を祀る本堂の屋根が、湧水を祀る閼伽井屋に覆い被さっている。この不可思議な建物配置は、この湧水こそ三井寺の本体であることを、控えめに主張した結果、生まれたのだろう。

に、白洲正子は不動明王の姿を重ねた。葛川明王院の項（61頁）で解説したように、不動明王とは、水を生み出す男性神であり、自然の象徴でもある。白洲正子も、この湧水の中に、不動明王の姿を感じ取ったのである。

改めて閼伽井屋の建物を見ると、不思議なことに気づく。本堂の屋根の一部が、閼伽井屋の屋根と重なっているのである。本堂の屋根からの雨水は、閼伽井屋の屋根に落ちる。従って、この部分の屋根の檜皮（ひわだ）はどうしても痛んでしまう。本堂は、秀吉の死後に再建された建物であるから、寺の敷地内であれば何処にでも建てられたはずである。対して閼伽井屋は、湧水を覆う施設であるから、その位置は絶対に動かすことができない。にもかかわらず、本堂は、常識では考えられない位置に建っている。これは、本堂の屋根を閼伽井屋に、どうしても重ね合わさなければならない理由があった、その結果の姿としか考えられない。

その理由とは、〝園城寺の本源がこの湧水にある〟と考えれば理解できる。つまり、元々、この湧水に宿る自然のカミに対する祈りがあり、やがて、天智天皇に縁の弥勒菩薩が迎えられ、園城寺という寺院が成立した。寺院である以上、その主は「仏」でなければならず、この仏のために巨大な本堂が建立された。しかし、仏に対する祈りは、実は、湧水に宿るカミへの祈りと重なっており、これを分かつことは、園城寺の存在を否定することにすら、なりかねない。湧水を祀り、仏も祀る。この両者を満足させる折衷建築として、本堂の屋根、すなわち仏が、閼伽井屋の屋根、すなわちカミを取り込む姿が考え出されたのだろう。ここにもカミと仏との交わりの姿がある。

▲閼伽井　本堂の横から不気味な音とともに、今もわき上がる湧水。天智・天武・持統三帝の産湯に使った、との言い伝えが三井寺の名を産んだ。ここでいう産湯とは、命を生み出す水の力を象徴しているのだろう。（下：湧水地点の拡大）

▼〈三井寺㊱〉大津市園城寺町246　京阪電鉄石坂線 三井寺駅下車　徒歩10分（ＪＲ最寄駅：湖西線 大津京駅）　県道47号三井寺（園城寺）

七　長命寺……自然物に宿る観音様

白洲正子は、**近江の中でどこが一番美しいかと聞かれたら、私は長命寺のあたりと答えるであろう**〔この項の引用は全て、近江山河抄：沖つ島山〕と、長命寺周辺に広がる水郷景観の美しさについて語っている。ごく最近まで、長命寺がある奥島山は、琵琶湖と内湖に囲まれた大きな島で、長命寺は、船で参詣する寺であった。残念ながら干拓により変容してしまったものの、琵琶湖と一体となった長命寺とこの周辺の景観は、今なお人々を魅了し続けている。

長命寺は、武内宿禰(たけのうちすくね)や聖徳太子の開基伝説を伝える古い寺で、今も、善男善女の参詣が絶えないが、この寺もまた、カミと仏との交わりにより生まれた。八百八段の石段を息を切らせて登ると、目の前にゆったりとした大屋根が美しい本堂が現れる。そして、その内陣に安置された厨子には、本尊として十一面観音、千手十一面観音、聖観音の三体の観音

▲観音浄土琵琶湖と長命寺　砂漠に浄土はない。浄土とは水のある世界、それも真水の世界でなければならない。そのように考えると琵琶湖は正に浄土であり、琵琶湖に浮かぶ島を補陀落山と感じ、観音様を迎えた心情は、宜なるかなである。

▲六処権現影向磐と伽藍　本堂の大屋根の右に見える磐が六処権現影向磐である。長命寺の信仰はこの磐に対する信仰に始まり、これを徐々に仏教が取り込み発展してきた。長命寺の景観は、この経過を確かな事実として語っている。

が祀られている。

本尊を拝し、本堂の裏手に回り斜面を見上げると、思わず息をのむ。六所権現影向磐（ろくしょごんげんようごういわ）と呼ばれる巨磐が、本堂に覆い被さるように屹立しているのである。カミの宿る磐座であることは一目瞭然である。**山内には大きな磐坐がいくつもあり、絵図に見るような滝も落ちていて、仏教以前からの霊地であった**ことを語っている。

▲六処権現影向磐　本堂の後ろから覆い被さるように屹立する巨巌である。このような奇っ怪な造形がよくぞ生まれたものだと感心する。ここにカミの宿りを感じるのは当然の心象といえる。

本堂の縁を戻ると、傍らに美しい天女の瓦が乗る堂が、本堂に寄り添うように建っているのが見える。「閼伽井堂(あかいどう)」という。中をのぞき込むと、本尊に供える水が溜まる枡がある。さらによく見ると、その水は下から湧き上がるのではなく、本堂の方から流れて来ているように見える。この様子は、長命寺に伝来する「長命寺参詣曼荼羅」に描かれる本堂の基壇に差し込まれた樋から水が流れ出、枡に溜まっている様子と共通する。複数伝来する長命寺参詣曼荼羅のいずれにも、この表現がある。曼荼羅に照らすと閼伽井堂の水は、方向こそ違え、本堂から湧き出ていることになる。

長命寺の磐座と湧水、そして観音様の間にはこんな物語があるのかもしれない。

▲本堂と閼伽井堂　本堂の横に建つ小さな堂が閼伽井堂である。観音様に差し上げる閼伽を汲む。よく見るとこの水は本堂から流れてきている。この様子は、参詣曼荼羅の表現そのものである。巨巌の元から湧き出る清浄な水。これを神として祀った。磐も水もカミの依代である。

▲修多羅磐(すたらいわ)　長命寺を護る護法権現社の背面に屹立する衝立状の巨巌である。天地のことわりの始まり、あるいは武内宿禰そのもの、とも伝えられ信仰されている。この磐も又長命寺の始まりを物語っている。

▼▶長命寺の瀧　長命寺参詣曼荼羅に描かれる瀧。曼荼羅では瀧行をする行者に、瀧水と共に不動明王を象徴する伽留羅炎が降臨する。これは、不動明王が水を通して、命を司る神であることを示す表現である。下は現在の瀧の状況。

◀▲長命寺参詣曼荼羅　戦国期に荒廃した長命寺の復興の勧進のために制作された絵。勧進聖が持ち歩き、絵解きにより長命寺の観音様の功徳を喧伝した。ここに、本堂から湧き出る水の表現がある。（滋賀県立安土城考古博物館提供）

〝昔、ここには神秘的な磐があり琵琶湖を見下ろしていた、やがて、琵琶湖を航く人々は、磐にカミの宿りを感じ、祈りを捧げ始めた。さらにこの磐の元からは清浄な水が湧き出ていた。人々はこの水にもカミを感じて祈りを捧げた。やがて仏教が伝来すると、人々はカミの姿を求めるようになった。仏教者はこれに応え、磐に宿るカミ、磐から生まれる水

▲本堂外陣の柱　本堂外陣の柱には小さな穴が無数に開いている。これは観音様を拝んだ巡礼たちが、巡礼札を打ち付けた釘の跡である。広く、広く衆生を受け入れる観音様の慈悲の姿でもある。

に宿るカミに仏の姿を被せた。そして仏の姿を借りた神を祀るため、水が湧き出る岩盤上に本堂が建立された。やがてカミは、観音に姿を変え、信仰を集めることとなった。〟この物語を象徴するように、本尊の坐す厨子は、岩磐上に築かれた石垣に直接置かれている。

長命寺参詣曼荼羅に描かれる自然と神仏との関係について白洲正子は、**しょせん日本人の信仰は、自然を離れて成り立ちはしないのだ。絵図にはむろん絵ときもともなったと思うが、長命寺の景観を通じて、極楽浄土を感得させようとしたに違いない。後ろの方には、沖の島らしいものも見え、いわば長命寺の奥の院に当たることを暗示している。寺も山も島も、そこに集まる善男善女も、それらすべてをふくめたものが、この種の絵図が示そうとした宇宙観ではなかろうか。そこには密教の曼荼羅に見られる厳しさや、大きさがないかわり、日本の風土がもたらす明るさと親しみに満ちあふれていると、**語っている。長命寺の縁起に見える武内宿禰の長寿伝説も、ゆったりと輪廻する自然の力、言い換えれば、輪廻する命を象徴しているのかも知れない。

▼〈長命寺④〉近江八幡市長命寺町157 🚃ＪＲ近江八幡駅よりバス長命寺下車 徒歩20分 🚗県道25号長命寺より林道 長命寺Ｐより徒歩5分

八　観音正寺……里に招かれた磐のカミ

白洲正子の信仰に対する感性は西国巡礼の旅を通して芽生え、そして磨かれて行った。中でも三十二番札所の観音正寺が、**私にとっては、三十三ヶ所のうち、一番印象が深かかった……**〔この項の引用は全て、西国巡礼：観音正寺〕と語っている。夕暮れが迫る中彼女は一人で観音正寺への急坂をくたくたになりながら登り、**その時、ふと思いだしたのは、巡礼の笠に、「同行二人」と書いてあることだった。観音様と二人という意味である。……そのことに気づいた時はうれしかった。急に元気が出たようだった。偉そうなことをいっても、人間はしょせん孤独ではいられない。いや、孤独だから何ものかを必要とするのだろう**と、観音信仰の**ただ巡礼すればいいとい**う、寛大な教えを体験したと語っている。

観音正寺は繖山（きぬがさやま）の中腹に建つ、聖徳太子開基の伝説を持つ古刹であるが、その本源を辿ると、本堂の

▲観音正寺本堂　本尊として千手十一面観音を祀る。再建された新しい堂ではあるが、徐々に周囲の景観に溶け込み始めている。遠く大津市内まで見渡せる絶景が観音様と共に待っている。

▲観音正寺奥の院　本堂の裏手の山中にある磐座群が、観音正寺の奥の院、すなわち観音正寺の祭祀の本源である。寺院ではあるが、鳥居を潜り石段を登り詰めると、息を呑むような巨巌の群れに行き当たる。

裏手にある「奥の院」と呼ばれる磐座群に行き着く。**奥の院には、びっくりするような大きな石窟があった。近江は帰化人が住んだ国だから、あるいはその墓だったかも知れないし、もっと古いものかも知れない。くわしいことは私にはわからないが、ここが信仰の元だったことは間違いない。**奥の院には、巨巌が折り重なってできた洞穴が二カ所あり、ここが今なお、信仰の対象となっている。特に、下段の洞穴の側面には、六体あまりの仏像が彫り込まれている。奥の院の巨巌は、麓から観ると白く神々しく光り、いかにも、神が宿ることを感じさせる景観である。

繖山は標高400m足らずの低山であるが、驚くほど広範囲から望める山である。〝山に宿るカミはその見える範囲を護る〟とするならば、繖山に宿るカミは、伊吹のカミ・比叡のカミと並ぶ大きな力を持つカミなのだろう。だからこそ、近江守護佐々木六角氏は、繖山のカミの力を借りるため、繖山に観音寺城を築城し、この力を背景に近江に君臨しよう

▲観音正寺奥の院に刻まれた仏　磐座の左壁面に六体余りの仏像が彫り込まれている。年代は明らかではないが、平安期まで遡るとも言われている。自然の磐座に仏教の神を顕現させ、より確かな祈りとするために彫られたのだろう。

とした。

この繖山のカミが宿るところが、奥の院の磐座であったが、やがて仏教が伝来すると、仏教者は、この磐座のカミに対する信仰を仏教の中に取り込もうとした。その時迎えられた尊格が、千手十一面観音という仏であった。洞穴という、母性を連想させる磐座から、母性神としての性格を持つ観音様が迎え

▲観音正寺奥の院磐座　奥の院の磐座は二カ所に分かれる。手前のこの磐座は巨巌の重なりによりできた洞穴を神として祀っている。ぽっかりと空いた横穴は、母の胎内を連想させる。

られたのは、自然なことであったのだろう。そして、磐座には、神の姿を可視化させるため、仏像が刻み込まれた。

▲奥石神社参道　奥の院に祀られていた繖山の神は、やがて里に迎えられる。邑の安寧を保証するためには、カミに邑に降りてきて頂きここに常在して欲しい、と考えられたためである。参道に吊された勧請吊りは、神社や邑に災いが侵入する事を防ぐ結界である。見えざる気配に対する信仰が今なお、生き続けている。

一方で、里の安寧を託する神として、磐座に宿る神が麓に迎えられる。奥石神社（おいそじんじゃ）である。人が孤独では生きていけないように、邑も孤独では生きていけない。邑として生きていくためには頼るべき何物かを必要とする。あたかも孤独な人間が観音様を求めるように。こうして、里の安寧を常に護って貰うため、神に里に常在して欲しいという願いが強まり、山に宿るカミが邑に迎えられた。奥石神社の本殿は、繖山を背に、山に宿る神の視線を感じさせるように建っている。

このように、観音正寺や奥石神社は、山という自然に宿るカミが、人の求めに応じて様々な姿に変容し、人々に寄り添う様を、今なお、生きた信仰という形で伝えている。

▼〈観音正寺⑫〉近江八幡市安土石寺２　ＪＲ能登川駅よりバス観音寺口下車　徒歩40分　県道２０９号よりきぬがさ街道に入り、途中から林道（有料）、観音正寺Ｐ下車　徒歩７分　▼〈奥石神社⑩〉近江八幡市東老蘇１６１５　ＪＲ安土駅下車　徒歩50分　国道８号奥石神社

九　石馬寺（いしばじ）……山頂のカミ、山腹のカミ

『かくれ里』の中にはいくつもの印象深い文章があるが、次の一文は、いかにも白洲正子らしい表現だと思う。石馬寺の庫裏に面して造られた庭を評して、**この程度の庭なら、むしろない方がいい。それというのも、後ろの岩山があまり見事だからで、折からの斜光をあびて、こまやかな肌を現わし、しっとりと、紫に染まっているのは、さながら井戸（茶碗）の名品を見るようである**（この項の引用は全て、かくれ里：石の寺）。「ない方がいい」と、言われてしまったら庭がかわいそうだが、彼女は、その背後

▲**石馬寺の岩肌**　白洲正子が絶賛した磐である。磐からは常に水が染み出、枯れる事がない。石馬寺は、この磐に水を生み出すカミが宿ると感じ、これを祀ることに始まったのだろう。

▲**明神山**　石馬寺のある五個荘地区の神体山として信仰されている山で、山頂に雨宮龍神社が鎮座する。石馬寺は、この山の中腹に建つ、山が生み出す水に対する信仰に起源を持つ寺院である。

に屹立する岸壁の美しさを強調したかったのであろう。この磐からは常に水が滲み出、その水が岩の根元に溜まり、小さな流れとなって、山を伝っていく。この磐は、水源の磐座でもある。

「石馬寺」の縁起によれば〝昔、聖徳太子がこの地に至り、山上(明神山)に霊威を感じ登拝した。下山すると乗馬が石に変じていた。これも神のなせる業と感動した太子は、ここに寺院を建立した〟と、とりとめのない伝説に見えるが、山から生まれ出る水に対する信仰を通して考えると、縁起が語ろうとする世界が理解できる。

馬は、水の祭祀に登場する動物である。京都の貴船神社における雨乞いに際して「黒馬」を、晴乞いに際して「白馬」が奉献されたことが、この事をよく物語っている。馬と水神の関係は、強い子馬を得るために雌馬を水辺に繋ぎ、野生の牡馬と交わらせ

▲雨宮龍神社の磐座　雨宮龍神社は、雨乞いの神として信仰を集める水の神である。本殿の正面には母性を想わせる磐座が鎮座し、山が持つ、ものを生み出す力に対する信仰が、信仰の本源である事を示している。

▲雨宮龍神社の磐座　神社拝殿前にある磐座で、本殿の磐座が母性を表すとすれば、この磐座はものを生み出すための男性力を象徴しているように見える。

▲石馬寺への参道　石馬寺に向かう道の傍らに建つ石標。聖徳太子直筆の文字を写したと伝えられる。四季折々に美しい佇まいを魅せてくれる。

るという、西南アジアの牧畜に起源があるとされる。この水辺に住む強い牡馬が、やがて水神である龍と混淆し、日本に伝わり、「龍馬」が示すように、馬が水神(龍)そのもの、もしくは、水神の乗馬として意識されるに至った。石馬寺の門前にある「石馬池」には、馬の背中型の磐が沈んでいる。これがいつの頃の造作かは不明だが、この馬と水との関係を視覚化した造作である。

石馬寺は、明神山と呼ばれる山の中腹に建っている。**農村に豊かな水を与える神への信仰は、今も根づよく生きているらしい。見あげると、例の紡錘形をした秀麗な神山で、石馬の伝説も、石馬寺の発祥も、源流はすべてこの山に発していることがわかる。**明神山の山頂には「雨宮龍神社(あまみやりゅうじんじゃ)」と、この神が宿る磐座が鎮座している。この神は、周辺の水を司る神として広く信仰され、特に雨乞いの祈りに対して、効の無かったことが無いという。龍神社の元から流れ出た水は、石馬寺の横で渓流となり、ここに石馬寺岩

▲石馬寺大威徳明王　石馬寺の堂内には平安時代の仏たちが林立する。中でも白洲正子を感動させたのが、この明王像である。特に明王を乗せた水牛の気迫溢れた表情に魅せられた、と作品の中で語っている。

盤の水が合わさり、瓜生川（うりゅうがわ）となり琵琶湖に至る。「うりゅう」とは水の神を示す「雨龍」なのであろう。

石馬寺と水の関係には、次のような物語が隠れているのかも知れない。〝瓜生川の水源の山、更にその山頂に水を司るカミの磐座があった。人々はこのカミに、水を求める祈りを捧げ続けてきた。やがて仏教が伝来すると、このカミは仏教の中に取り込まれていく。しかし、山頂の狭い空間に、僧侶が暮らす寺院を建立することは困難であった。山中に適地を求めると、巨大な磐が屹立し、その傍らを山頂からの水が流れ降っている。ここに仏教の水の神を迎え、更に水に縁深い馬の名が付けられた寺院が生まれた。〟

石馬寺には、白洲正子が「水の女神」と表した十一面観音が二躯伝来しているが、この観音もこのような経緯の元に迎えられたのだろう。また、彼女が絶賛した大威徳明王像も安置されている。単独で祀られることの珍しい像であるが、馬ならぬ水牛にまたがる明王の姿に、水の神を被せるのは考えすぎだろうか。

▲石馬寺不思議不動　本堂の外に苔むした不動明王が立っている。何とも言えない独特の像容ではあるが、周辺の景観に見事に溶け込んでいる。水の男性神不動明王もまた、石馬寺に招かれた。

▼〈石馬寺⑪〉東近江市五個荘石馬寺823　🚃JR能登川駅よりバス石馬寺下車　徒歩5分　🚗県道202より石馬寺下　徒歩20分

▲桑實寺参道　桑實寺は、観音正寺の建つ繖山の南斜面にあり、麓から本堂に向かって延びる長い石段が整備されている。登るのに少々骨の折れる参道ではあるが、四季折々の彩りが、そのつらさを喜びに変えてくれる。自然に抱かれた山の寺ならではの御利益である。

十　桑實寺（くわのみでら）……磐に降り立つ琵琶湖のカミ

観音正寺が建つ繖山（きぬがさやま）の尾根を南に降った中腹に、桑實寺がある。白洲正子は縁起を、**天智天皇の時、阿閇の皇女（後の元明天皇）が病にかかり、琵琶湖にるりの光り輝く景色を夢に見られた。そこで、法会を営んだところ、湖水の中から生身の薬師如来が現われ、皇女の病は平癒した。その薬師如来を祀ったのが、桑実寺の起りで……**〔この項の引用は全て、かくれ里：石の寺〕と、紹介している。この内容は、比叡山の項で紹介したように、琵琶湖に薬師如来の浄土があるという、当時の人たちの信仰に基づくものである。無論、琵琶湖に薬師如来が棲んでいるわけではない。琵琶湖に宿る古いカミに、薬師如来という仏教の尊格を当てはめ、琵琶湖に象徴される水の力を、薬師如来の功徳として表現したのであろう。

桑實寺が建つ繖山は、古くは、その西を琵琶湖が洗い、水面にその姿を写す山であった。そして桑

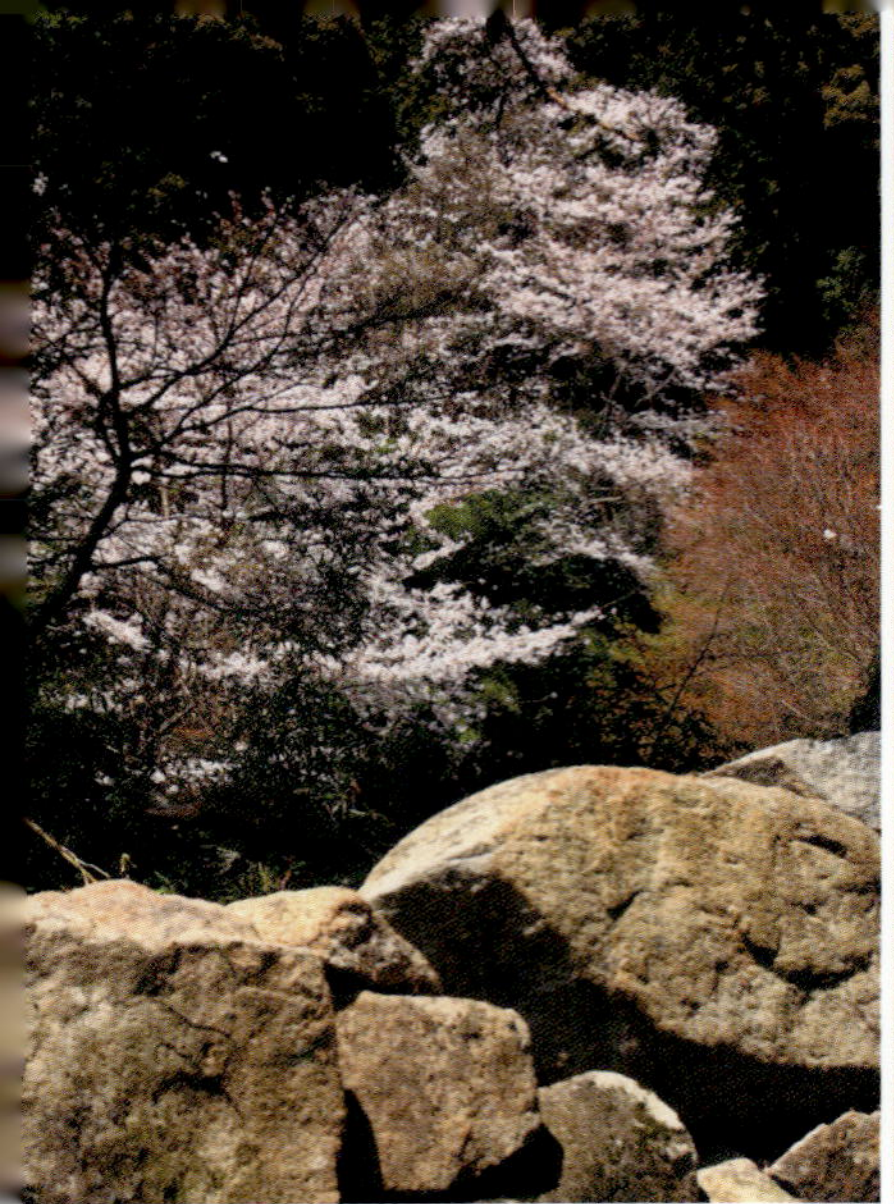

▲**桑實寺石垣**　繖山は磐の山である。参道、そして本堂の周辺には、城郭を思わせるような、古く美しい石垣が随所に残されている。そう言えば石垣で有名な観音寺城もこの山にある。

▲**桑實寺への参道　橋**　参道は渓流に沿って進む。この渓の水は桑實寺本堂裏に生まれ、そして里に向かう。桑實寺が、薬師如来という水の神を祀る寺であることを実感させる。

▲**桑實寺本堂**　近江は中世建築の宝庫として知られている。桑實寺本堂もその一つで、外陣・内陣・後陣を並べる、典型的な密教本堂建築である。本尊の薬師瑠璃光如来は内陣の厨子の奥深くに、秘仏として丁重に祀られている。

實寺からは、湖水を隔てて比叡山を仰ぐことができる。ここに延暦寺と同様、琵琶湖の神である薬師如来が迎えられたのは、決して偶然ではなく、琵琶湖を中心とした、水の神々の、壮大な曼荼羅世界を意図してのことであろう。

皇女の病を癒した薬師如来が降り立った聖地が、山中に残されている。**裏の山、十方ヶ岳の頂上に奥の院があり、「るり石」と呼ばれる巨巌が祀ってある。十畳敷きばかりの、平たい石で、前方に二つ、石棒のような岩が直立しており、写真で見ても、神秘的な感じがするが、登るのはほとんど不可能な場所にあって、住職も一度しか行ったことはないといわれる。そんな所だから、太古の岩座（いわくら）が、昔のままの形で残ったのであろう。白鳳の薬師仏は、まさしくその岩の間から誕生した、新しい神であったに違いない。**「るり石」とは無論、ここが薬師瑠璃光如来の聖地であることを意味する名前である。桑實寺に桑實寺縁起絵巻が伝わるが、その中に、繖山に薬師如来が降り立つシーンが描かれている。ここには、巨大な磐棚とその背後に鬼の角のように立つ二本の磐が描かれている。今、山中に残されている「るり石」はこの絵巻に描かれた形状と全く変わらない。この二本の角石が自然物なのか、人為的に建てられたものなのかは判断しがたいが、巨大な磐棚は、桑實寺が建立される以前から、湖水を見おろすカミが宿る磐座としてあり、信仰されていたであろう事

▲桑實寺の水神　本堂を取り囲むように溝と池が配されている。本堂自体が水に浮かぶ堂であったのかもしれない。そして池には、竹生島を思わせるように小さな島が浮かび、水の女神である弁才天が祀られている。

▲**るり石**　桑實寺本堂の裏を少し登ると、るり石と呼ばれる奇っ怪な形状の磐座に行き当たる。二本の磐が角のように、あるいは、門のように建っている。その先は巨大な磐棚となり、ここに薬師瑠璃光如来が降臨した。るり石は桑實寺の奥の院、すなわち桑實寺祭祀の本源を為す聖地である。

は、想像に難くない。そしてここに、琵琶湖を象徴する神として薬師如来が迎えられ、磐に宿るカミと融け合った。仏は元々釈迦という人であるから、家（寺）を必要とする。この仏となったカミを祀るため、建立されたのが桑實寺なのだろう。ここにも、日本の古いカミと、仏との交渉と融合の姿が残されている。

白洲正子は『かくれ里』の中で、「るり石」は、住職すらも一回しか行ったことがない、山中の秘境にあるように表現している。しかし、実際には、るり石に立つと、木の間越しに桑實寺本堂の屋根が見えるほど近くにあり、磐棚の下には、本堂に向かうとおぼしき石段の痕跡すら残されている。しかも、現在では、るり石のすぐ横を繖山の頂上に向かう登山道が通っており、簡単に詣でることができる。このギャップはどうしたことだろうか。邪推ではあるが、住職は、白洲正子が「るり石」に行くことを望まなかったのではないだろうか。物見遊山的な感じで都会からやってきた怪しげな女性に、るり石を案内しては、聖地が穢される、と感じたのではないだろうか。邪推ではあるが。

▼〈桑實寺⑨〉近江八幡市安土桑實寺292　JR安土駅下車　徒歩30分　県道198号より桑實寺　徒歩20分

十一　西明寺……池から湧出した仏の寺

近江には、延暦寺や、桑實寺のように、琵琶湖や水の中から出現する薬師如来の縁起が、数多く伝えられている。湖東三山の一ヶ寺として有名な西明寺にも、同様な縁起が伝わっている。**寺伝によると、西明寺は、平安初期に三修上人が、琵琶湖の西側から東方を眺めていた時、突如として紫雲たなびき、山上に光明がさすのを感得した。直ちに上人は「飛燕の術」を用いて琵琶湖を飛び越え、現在の西明寺の地に至り、一心に祈っていると、池の中から薬師如来が湧出したという。……三修上人は、池の傍の立木を彫って本尊としたと聞くが、その本尊は未だに厨子の中に安置されているそうである。が、老朽化がひどくなったため、現在は平安後期の薬師如来に変っている**〔この項の引用は全て、西明寺・金剛輪寺：湖東三山〕。ここでも薬師如来は、水の中から出現する。三修上人とは、平安時代に活躍した山岳

▲西明寺本堂　中世の密教本堂建築を代表する名建築である。鎌倉時代の建物をベースに、室町時代に拡幅され、現在の姿となった。本尊は霊泉から湧出した薬師瑠璃光如来である。

▲薬師瑠璃光如来湧出の霊泉　縁起に拠れば、本尊薬師瑠璃光如来は、眷属を従え、この泉より湧出したと伝えられる。琵琶湖から湧出する薬師、泉から湧出する薬師の姿は、薬師如来が水の神であることを明確に物語っている。

仏教の修行僧で、山に宿るカミの力と、仏教を結びつけた、仏教者である。上人が感得した薬師如来が湧出したという池は、本堂の裏にあり、ここから湧き出る水を霊薬として崇める信仰が、今も続いている。西明寺の別名を「池寺」と言うが、その名前は、この池に因んだものである。

鈴鹿山地の麓にある、百済寺、金剛輪寺、西明寺を湖東三山と称するが、これは、観光振興のために

▲屋根から天に昇る水　水は水蒸気となり天に戻り、雨となり、雪となり地に降臨する。永遠に続く水の循環を輪廻と表現するなら、本尊薬師瑠璃光如来は、水を介して、生き物の命の輪廻も司っている。

▲弁財天の池　池寺とも呼ばれる西明寺には、水の神仏の曼荼羅世界がある。参道の横の池には島があり、ここに弁財天が祀られていた。あたかも小さな琵琶湖と竹生島のようである。

昭和に入ってから選ばれた三ヶ寺で、他にも、このエリアには、敏満寺・勝楽寺・大覚寺等、多くの天台系寺院がある。これらの天台系の寺院の立地を見ると、いずれも、鈴鹿山地から湖東平野に流れ出る小河川の谷口に位置している。昔の貧弱な土木技術では、大河川から用水を取水することは難しく、むしろ、山から流れ出る小河川が、用水の取水源として重要視されていた。山から流れ出る川は、正に、里の命を司る川であった。山中の水は、まだカミが司る水であるが、里に流れ出た水は、人の水となる。よってカミの水が、人の水となる谷口は、聖地であり、ここに水を生み、そして護る神仏を祀ることは、当然の心象である。その結果、谷毎に寺院や神社が建立されていった。

とりわけ西明寺は、水に対する信仰を色濃く残している。ごく最近まで、周辺の人たちは旱魃に見舞われると、八大竜王の旗を掲げ、弁財天の像を担ぎ、西明寺の山に登り雨乞いをした。山には水をもたらす龍神が棲むのだという。それ故、西明寺の山号を「龍応山（りゅうおうざん）」という。人の祈りに感応する龍神の棲む山を祀る寺、という意味であろう。

龍神とは、水をもたらすカミが変身した姿、言い換えれば、山という自然そのものの象徴である。古くから、この自然の恵に対する感謝があり、それが

▲西明寺三重塔　本堂の横に建つ三重塔は、白壁と檜皮のコントラストが際だつ、美しく軽やかな建物である。内部には極彩色で法華経の世界が描かれるが、ここに多くの龍神が登場するのも、水の神を祀る西明寺らしい。

カミに対する祈りとなった。ここに仏教が伝わり、祈りの対象であったカミに、薬師如来の姿を与えた。そしてこの仏が、水を司る力を強く秘めている事をアピールするため、神秘の池より出現させた。さらに、この池の前に、薬師如来の館として、壮大な本堂を建立した。**いうまでもなく古代には「山」が信仰の対象であり、金剛輪寺の山中には、鎮守の社がわずかにその形跡をとどめているが、池寺の場**

▲西明寺庭園　西明寺庭園は、山の斜面を利用して造られている。池を穿ち、島を浮かべ、その背後を築山とし、多数の景石を立てる。この庭園は、水の世界にある薬師如来の浄土を表現している。

▲西明寺への参道　かつて、本堂に向かう参道沿いには、坊が建ち並び、大いに賑わっていた。今は多くの坊が失われ、ひっそりとした景色が包んでいる。山が仏の伽藍から、カミの世界へと先祖返りをしているような錯覚を覚える。

合は、「水」を崇拝したのが最初の姿であって、灌漑用水に利用することで農民の生活を潤した。鈴鹿山脈の樹木が水をもたらしたので、本来、山と木と水はわかちがたく結びついていたのである。日本人にとって、カミも仏も、自然への感謝と祈りを奉げる対象が、人の都合により、その姿を変えただけであり、実は同じ存在なのだろう。西明寺を歩くとその事を強く感じる。

▼〈西明寺⑬〉犬上郡甲良町大字池寺26　JR河瀬駅からバス 金屋下車 徒歩20分　国道307号 西明寺

▲西明寺宝塔　三重塔の裏手に建つ宝塔である。法華経世界を通して、天台宗の教義を象徴する構造物でもある。通常、相輪部分は失われることが多いが、西明寺宝塔は完存している。石の永遠性が表出した美しい塔である。

十二　龍王寺……水神と人の交わり

あかねさす　紫野行き　標野(しめの)行き
野守は見ずや君が袖振る
額田王(ぬかたのおおきみ)

紫草の　にほへる妹を　憎くあらば
人妻ゆゑにわれ恋ひめやも
大海人皇子(おおあまのみこと)

▲蒲生野に建つ龍王寺　白洲正子は、この雪野山と日野川に挟まれた狭隘な平地こそ標野であると考え、この周辺に蒲生野を想定した。瓦屋根が龍神の伝説を伝える龍王寺である。

万葉集を代表するこの相聞歌から『近江山河抄「あかねさす紫野」』の章が始まる。白洲正子はこの相聞歌を、**とかく私たちは万葉調には弱い。「あかねさす」とか、「にほへる妹」などの詞に、テもなく参ってしまう**（こ

▲龍王寺の伽藍　雪野山の麓には、雪野寺という行基開基の伝説を持つ寺院があったが、度重なる火災などで荒廃し、これを平安時代に再興したのが現在の龍王寺の元となった。

の項の引用は全て、近江山河抄：あかねさす紫野」と醒めた眼で鑑賞し、この歌が、蒲生野で開催された、薬猟という行楽の場を盛り上げる戯歌、若しくは、儀礼の詠歌ではないか、と、結論づけた。そして、この薬猟が行われた蒲生野について思いを巡らせる内に、雪野寺という白鳳寺院の遺跡に行きつく。雪野寺は、雪野山（別名竜王山）の南東の麓にあった寺院で、塑像の美しい供養仏が出土したことで知られている。雪野寺の直ぐ南を日野川がゆったりと流れているが、白洲正子は、この雪野山と日野川に挟まれた平地こそが、貴重な薬草を保護した標野、すなわち蒲生野であるとした。

彼女が蒲生野とした処に現在、薬師如来を本尊と

▲雪野山古墳 雪野山の山頂にある、古墳時代中期の前方後円墳で、王権を象徴する三角縁神獣鏡等が出土し、注目された。この地域が、古くから大和との深い繋がりを持っていたことを窺わせる。（東近江市教育委員会提供）

▲雪野寺出土童子像 雪野寺の発掘調査により出土した塑像。釈迦の涅槃を悲しむ群像の一部として制作された。白洲正子が龍王寺を訪れるきっかけとなったのが、この童子像であった。（京都大学総合博物館所蔵、滋賀県立安土城考古博物館提供）

▲雨を呼ぶ霊鐘　三和姫伝説に由来する梵鐘で奈良時代の作。古来、水との関わりが深く、火災に際して鐘殿より水が吹き出て鎮火した、という伝説も伝わる。この鐘の霊威を知った一条天皇は、この鐘堂に「龍寿鐘殿」の尊号を与え、以来、龍王寺に名を改めた。龍頭の布を解くと必ず雨が降る。

する龍王寺が建っている。龍王寺には、その名の通り、水に対する信仰が色濃く伝えられている。縁起では、**元明天皇の和銅三年、行基菩薩によって建立され、度々の兵火に消滅したが、平安時代に再興し、一条天皇から「竜寿鐘殿」の勅額を給わり、以来、竜王寺と呼ばれるに至ったという。……宝亀八年（七七七）、吉野の小野時兼という人が病にかかり、川守に住んで、雪野寺の薬師如来に日夜祈っていた。ある日、美しい女**（三和姫）**が現われて契りを結んだが、三年経った時、時兼に向って、「我は雪野山の奥、平木の池の主」と告げ、玉手箱を形見において立ち去った。時兼は恋しさのあまり、平木の池を訪ねると、女は十丈ばかりの大蛇になって現われたので、驚いて逃げ帰り、形見の箱を開いて見る**

▲御澤神社　龍王寺に残る三和姫伝説の舞台である。かつてこの地は湧水地帯で、多くの池があり、この水が周辺の田畑を涵養していた。この湧水を神として祀ったのが御澤神社である。

と、梵鐘が入っていた。一説には、平木の池から鐘を引き上げたともいい、竜頭がしばってあるのは、人目にふれるのをはばかったためである。旱天の時、村の人々が祈ると、必ず雨を降らしてくれるので、霊験あらたかな鐘とされているが、古代の雨乞いに、竜神信仰が結びついて出来上がった物語であろう。

この縁起に登場する、三和姫に変じた龍女が棲まう「平木（ひらき）の池」とは、雪野山の北西に鎮座する、御澤（おさわ）神社にある「白水池（しらみずいけ）」を指すとされている。御澤神社は、湧水地に立地し、ここから湧き出る水が、一帯の田畑を潤している。正に、命を生み出し、そして育む、この湧水そのものを神として祀る神社である。この水の神が、水系を異にするが、仏教の水の神である、薬師如来を祀る龍王寺に赴き、人と結ばれ子供をもうける。この縁起の意味を読み解くことは難しいが、蒲生野に美しく聳（そび）える雪野山に宿るカミを崇める、二つのエリアの交渉と融合の、更には、カミと仏の交渉と融合の物語なのかも知れない。

この時、龍女が与えた梵鐘は、今も龍王寺にあり、龍頭（りゅうず）が白布で巻かれている。地元では、この布を外すと必ず雨が降ると信じられており、この梵鐘を重要文化財に指定するための調査の際、布を外したところ、「一天俄にかき曇り豪雨に見舞われた」とまことしやかに語られている。

湧水という、自然に宿る古いカミが、仏教と融合した結果、水を生み出す象徴物として、仏教の梵音具である梵鐘が選ばれた。しかし、ここから発するのは、雨を呼ぶ雷鳴という、自然に宿るカミの音に他ならない。

近江の地では、カミと仏が分けがたく融け合っていることを、今更ながら強く感じる。

▼〈龍王寺⑦〉蒲生郡竜王町川守41 🚃ＪＲ近江八幡駅よりバス川守下車　徒歩10分 🚗県道14号川守より竜王寺へ▼〈御澤神社⑧〉東近江市上平木町１３１９・１ 🚃ＪＲ近江八幡駅よりバス 平木下車　徒歩10分 🚗県道41号より上平木

▲三和姫弁才天　御澤神社境内の池の畔に祀られている水神。龍王寺伝説の主人公である三和姫の名を付して三和姫弁才天という。ここから湧き出た水は池をなし、そして池から溢れた水が田畑を潤すために境内から流れ出ていく。水源に対する人々の素直な感謝の念が、ここにカミを感じ、この神社を建立し、神として迎えた。

▲御澤神社霊水　社殿の傍らから湧き出る水である。霊水、名水として名高く、遠方からもこの水を求める人たちがやってくる。境内から湧き出る水はカミの水、いや、カミの水が湧き出るところに、神社が建立された。

第三章

近江に宿る石の文化

前章では、主に江南を舞台に、日本の古いカミが、仏教と共にやってきた新しい神と交渉し、融け合う様を、寺院や神社等の空間を舞台に、白洲正子の作品を通して見てきた。この章では、カミと仏が融合した結果、生まれた造形を紹介したい。具体的には仏像や仏塔となるが、これらは、見えざるカミの姿を可視化させるために生まれた作品、と評価することができる。そして、これらの作品を生み出すための素材として選ばれたのが、「石」と「木」である。両者とも、神の依代（よりしろ）となることにおいて共通するが、耐久性において大きく異なる。木は弱く、これに永続性を与えるためには、仏堂という施設を必要とする。これに対して石は堅牢で、野外に安置することができる。この章では、主に石に込められたカミと仏との交渉の姿を紹介する。木に刻まれ、仏像となった姿については、江北編で紹介することとする。

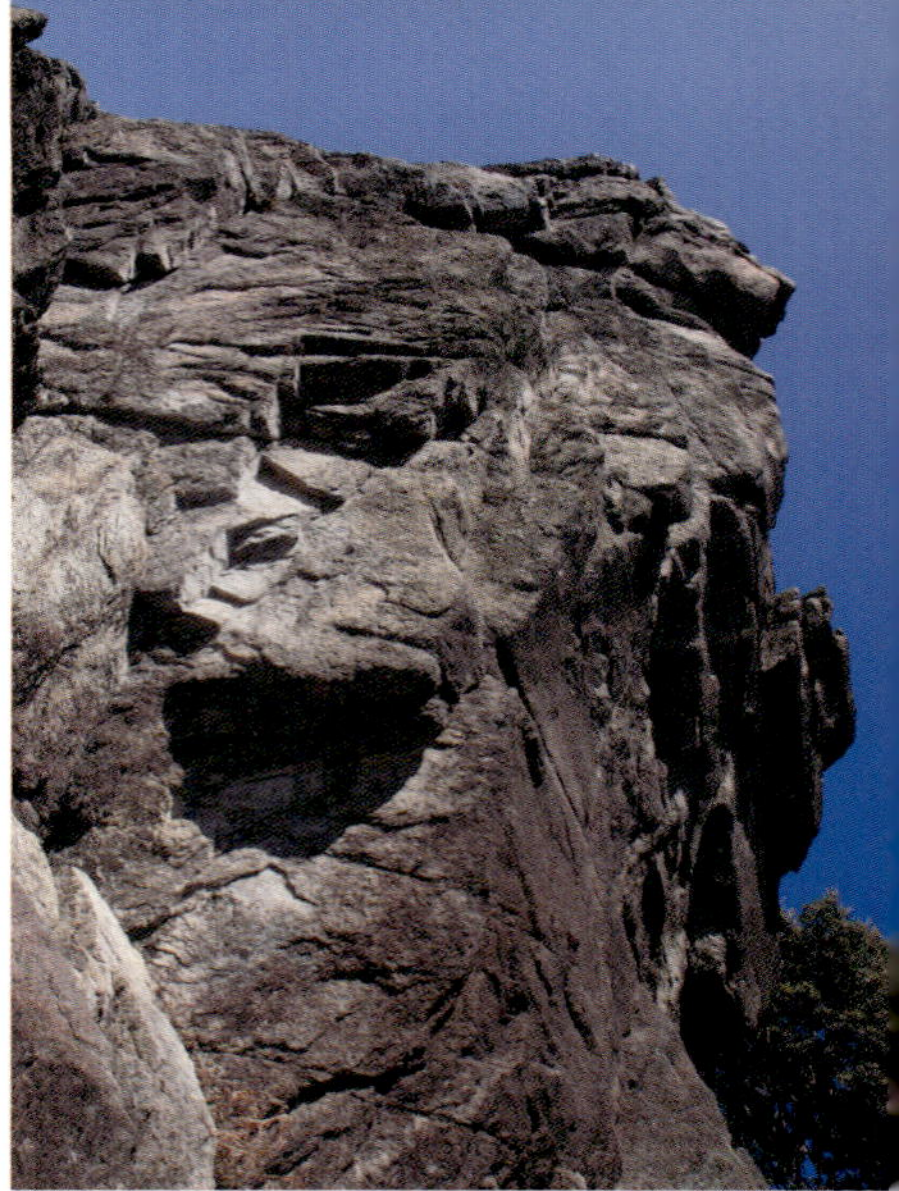

▲巨巌の露頭　カミは何処にでも漂うが、人と交渉するためにはその依代を必要とする。大地の特異点である巨巌の露頭は、神の依代として相応しいと意識された。［大津市：千石磐］

　近江の枕詞として、琵琶湖に由来する「さざなみの」があるが、「石走る（いわばし）」もよく使われる。このことは、近江という国を象徴するものとして、琵琶湖、そして、石がある、と認識されていたことを示す。確かに近江には、優れた石の美術品が多く伝えられている。そして白洲正子は、近江の石の美しさに魅せられた。

近江には奈良や京都に匹敵する美術品はないと書いたが、石造美術だけは別である。美しい石材に恵まれていたのと、帰化人の技術が手伝ったに違いな

▲神として祀られる磐　カミの宿る磐は磐座となり、礼拝の対象となる。画像の磐座をじっと見ていると、何ものかの姿が浮かび上がってくるような気がする。［多賀町：口の権現］

い。**それ以前からの自然信仰が、民衆の間に、根ぶかく生きていたことも忘れてはなるまい。文化財を残したのは、国でも皇室でもなく庶民なのだ。地方を歩いてみて、そのことを強く感じるが、とうの昔に失われたはずの原始信仰が、未だに健在なことに私は驚く。木と石と水――それは生活に必要な物を生み出す「山」のシンボルであり、日本人の内部に秘められた三位一体の思想である**〔近江山河抄：近江路〕。

「近江には奈良や京都に匹敵する美術品はない」の表現はひどいと思うが、近江の石造美術に込められた歴史と文化を見事に言い表している。彼女は石造美術の多くは、仏教的造形ではあるが、その本質は「自然信仰」すなわち、自然に宿る日本のカミに対する信仰にある、と見抜いた。

石は大地の一部と言ってもよい。人為を及ぼし難い硬さと、動かしがたい重さは、変化を拒絶する永遠性を秘めている。石の永遠性を象徴する神話として語られるのが、邇々杵命（ににぎのみこと）と木花之佐久夜比賣（このはなさくやひめ）そして石長毘賣（いわながひめ）の物語である。〝邇々杵命は、木花之佐久夜比賣の美しさを選び、見にくい石長毘賣を拒絶してしまう。華やかな花は、いずれ萎れ死を迎える。これに対し地味ではあるが石は、永遠の命を持つ。よって、石長毘賣を選ばなかった邇々杵命（人間）は必ず死ぬ宿命を負うこととなった。〟という物語である。この物語は、石自体に、永遠を司る神性が宿ることを語っている。石は単なる彫刻の素材ではなく、カミそのものなのだ。石の不変性に抗い、こ

▲石仏の中にカミを見いだす　阿弥陀如来が刻まれた石に木漏れ日が射した。この時、阿弥陀という仏を感じる事もできるが、陽の中に宿るカミの気配を感じることもできる。祈りも、感性も、自由において共通する。［栗東市：狛坂磨崖仏］

▲石に刻まれた仏　自然の磐に対する祈りは、仏像に対する祈りを知った人達には、何か心許なく感じたのだろう。その結果、祈りを確かなものとするため、磐中のカミに仏の姿を与えて顕現させた。［野洲市：福林寺磨崖仏］

れに新たな姿を刻むためには、作者（施主）の強い想いがなければできない。その想いとは、石に宿るカミを顕現させ、これに願いを託したい、という切願に他ならない。しかし、神の姿を見た者はいない。よって作者（施主）は、自分が拠るべき姿のある神を、石の中から彫り出すことになる。その姿とは仏像という形を持つ阿弥陀仏であったり、不動であったり、あるいは経典に説かれる仏塔であったりと、様々であるが、それは、結果として生まれた造形に過ぎない。

▲仏の後ろに漂うカミの気配　仏の姿を与えられたカミであるが、仏としての祭祀が失われると、徐々に元のカミの姿に回帰していくように感じる。［野洲市：福林寺磨崖仏］

▲整列する石達　元々姿のないカミであるから、どの様な姿を与えても構わない。場合によっては石塔の形を取って顕現する。石の塔であっても内に潜むのはカミであり、人はこれに祈りを捧げる。［高島市：田中神社］

一　寂光寺磨崖仏……磐に顕現した仏たち

京と近江は接してはいるが、決して平坦な道で結ばれているわけではない。間に比叡山系が横たわっているから、必ず峠を越えなければならない。京を発つ人々は、その行き先に応じ、峠を選び、目的地に向かった。中でも、京から西近江路を通り日本海に抜ける場合、大津市藤尾から三井寺に至る、小関越え（こぜきごえ）がよく使われた。

京都側から小関越えにさしかかる登り口の部分に建つ寺が、寂光寺である。現在は日蓮宗の寺院となっているが、元は天台宗の寺院であった。

寂光寺という寺に、石仏があることを、私は前から聞いて知っていた。が、拝観するのがむつかしいということで、伝手を求めて行ったのは、つい最近のことである。お経が上げられ、正面の御簾がまかれると、すばらしい仏像が現われた。

大きな花崗岩の自然石に、阿弥陀仏を中心にし

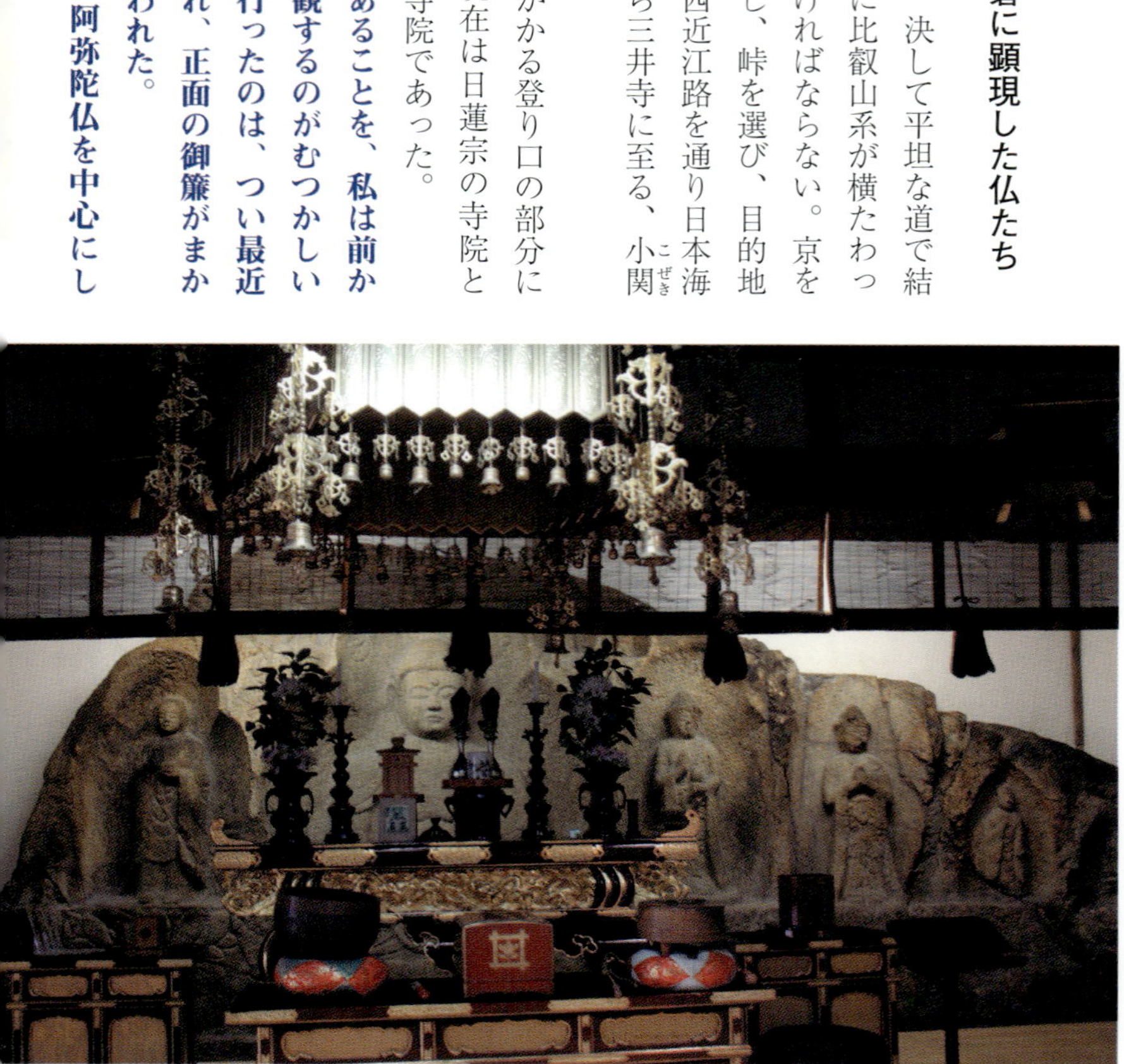

▲**寂光寺磨崖仏**　堂の中に入ると、息を呑むような光景が目に飛び込む。大小の仏たちが刻まれた、横幅６ｍを越える巨巌が祀られている。厳かでいながら、伸びやかな雰囲気が漂うのは、自然の磐に刻まれた仏たちのせいだろうか。向かって左寄りに刻まれている阿弥陀如来、地蔵菩薩、観音菩薩、勢至菩薩が当初の像で、この周辺に刻まれているのは後の追刻である。

▲磨崖仏堂　磨崖仏のある寂光寺は日蓮宗の寺院で、本堂は別に建つ。磨崖仏は、同寺が天台宗であった時代からの遺産であるが、今も大切にお守りされている。この堂は、磨崖仏を拝するための拝殿の役割を持つ建物である。

▲中尊阿弥陀如来　制作年代は鎌倉時代とされているが、中尊の優美な像容はその前代の雰囲気を良く伝える造形である。阿弥陀を中心とする四体の仏が刻まれた後、様々な人たちがそれぞれ磐の中にカミを見いだし、これを自由に顕現させた。その結果、磨崖仏の群像が生まれた。

て、十五、六体も彫ってあり、思ったよりずっとどっしりした石仏である。……お堂の裏手へ回ってみると、この石仏は、石を切りとって造ったものではなく、山に根をはった巨巌に彫刻され、その彫刻した部分だけがお堂の中に入っている。お堂の外には、峨々たる岩根が露出しており、お堂がその上

にのっかっている恰好だ。……どう見てもこの石仏は、古代信仰の磐境（いわさか）に、仏の姿を刻んだとしか思えない。古い所にはよく見られる神仏混淆の一形式だが、そんなことは実はどうでもいい、私はひたすらその美しさに目を奪われ、歴史の奥の深さに心を打たれた（近江山河抄：逢坂越）。

寂光寺の石仏は、磨崖仏と呼ばれる造形である。磨崖仏とは、大地に根を下ろした、動かしがたい磐に彫られた仏像を言う。寂光寺磨崖仏は、岩山の端に仏が彫り込まれ、これをお堂が覆っているので、堂内から拝すると、石仏が本尊として安置されているようにも見える。

制作年代は残された刻銘から延応二年（1240）で、鎌倉時代の作となるが、寺伝では園城寺を開いた円珍が刻んだとされている。この岩山は花崗岩でできているが、日本人がこのような硬い石を自在に刻めるようになったのは、鎌倉時代以降とされているので、刻銘の年代が正しいのだろう。しかし、中尊の阿弥陀如来、脇士の地蔵菩薩などの造形は、雅な藤原彫刻の雰囲気を濃厚に留めている。磐面には大小十五躯の仏が刻

▲地蔵菩薩　阿弥陀如来の横に地蔵菩薩が唐突に刻まれている。阿弥陀と地蔵は余りなじまない感じがするが、地に根を下ろした磐から仏を刻もうとした時、地の神である地蔵は、何の違和感もなく、いや、相応しき神として、ここに迎えられたのだろう。

▲焼けただれた仏　仏の一部は火を受け崩れかけている。しかし、形が崩れても、礼拝の対象として丁重に祀られている。祈りは仏の形に対するものではなく、中に潜むものに対して捧げられるものであるから。

▲**仏たちが刻まれた大磐**　堂の外に回ると、磨崖仏の様子がよく判る。路傍の巨巌にカミを見いだしこれを顕現させ、そして、仏となった形の部分を堂で覆っているのである。路傍の磐に宿るカミが、仏の姿を得て新たな住居を得た。

まれているが、中央の大きな四体の仏が刻まれた後、次々に小さな仏たちが追刻されていったようである。堂に覆われていた時代が長かったのか、中尊の表面はあまり風化しておらず、生まれた当時の姿をよく留めているように見える。ただ、端の部分小石仏たちは、明らかに火を受け破損しており、この仏たちが歩んできた道が、決して平穏なものではなかったことを物語っている。

磨崖仏が刻まれた岩山は当然のことながら、鎌倉時代よりも前からあり、小関越えを通る人たちを見つめていた。そして、道行く人たちも、この巨巌に神を感じ、祈りを捧げてきたことだろう。ある時、この磐に宿るカミの姿を可視化し、より具体的な祈りを捧げたい、と、願う者が現れた。しかし、磐に宿るカミがどのような姿をしているのかは、誰にも解らない。当然、発願者にも解らない。そこで、当時最も支持を集めていた、浄土の主である阿弥陀如来の姿を借りて、磐中に宿るカミを顕現させた。そして、これをきっかけとし、磐中のカミを、自分の感性により顕現させようとする者が次々に現れ、それぞれが、それぞれ想う仏の姿を借りて、磐に追刻していった。その結果、現在のような磨崖仏群となったのだろう。

▼〈寂光寺㉜〉大津市藤尾奥町13・11 ☎077・522・7739（要予約）🚃京阪電鉄 京津線 四宮駅下車 徒歩30分 🚗西大津バイパス藤尾小前下車 藤尾小金塚より寂光寺

二　富川磨崖仏……不動明王は何処に？

陶器の町、信楽に源を持つ信楽川は、山間の村々を縫うようにゆったりと流れるが、大津市富川を過ぎると急に、深い峡谷を刻み、激流となって流れ降る。その右岸の山腹に巨大な磐が、流れを見おろす様に屹立している。この巨巌に刻まれているのが、地元で「岩屋耳不動尊」、あるいは「耳だれ不動」と呼ばれている、富川の磨崖仏である。磨崖仏は、10mを越える磐に4m近い大きさで半肉彫りされた阿弥陀三尊で、刻銘から応安二年（1369）の作と判る。

（富川の石仏）**鎌倉時代の雄大な阿弥陀三尊で、一名「耳だれ仏」ともいい、耳の病に効くという民間信仰があるが、……古くはここに富川寺が建ち、……もっと古くはやはり巨石の信仰で、古代の岩境に、仏の像が刻まれたのであろう。石を切る**（民間信仰でお守りとして切り取ること）**のは悪い習慣だが、そういう所にも、生きた信仰が見られ、自然の石が仏の姿をかりて、民間に浸透して行った長い歴史がうかがわれる**（かくれ里：石をたずねて）。引用にあるように、阿弥陀如来の左の耳のあたりから、常に水が染み出ていることから、阿弥陀仏ではあるが「耳だれ不動」と呼ばれ、耳の病を癒す仏として信仰されている。仏の前の小堂には「耳が良く聞こえるようになりますように（耳が通りますように）」の願いが込められた錐が、たくさん奉納され、未だに信仰が

▲岩屋耳不動尊　磨崖仏は阿弥陀三尊として現れた。しかし、参道に立つ石標には「岩屋耳不動尊」と刻まれ、阿弥陀如来はその気配すら感じられない。行きずりの礼拝者は困惑するが、建立者にとってはこれが真の表現なのである。

富川磨崖仏全景　富川磨崖仏は、10ｍを越える巨巌の前面に、４ｍ余りの阿弥陀如来座像と、この左右に観音菩薩、勢至菩薩が岩盤面をほとんど整形することなく、半肉彫りされている。制作年代は室町時代初期とされている。磨崖仏は開放的に外を向いており、この姿から岩屋不動尊の名が示す、閉鎖された「岩屋」を想像することは難しい。まして、不動明王が何処にいるのか、よく判らない。

▲耳だれ不動　阿弥陀如来の左耳からは、何時も水が染み出、これが耳の病を患っているように見えることから、耳だれの名が付けられた。仏は病など克服している存在だから、耳の病を癒す力もあるとされ信仰されている。

生きていることを感じさせる。

　ここで信仰の対象となっているのは「不動」であり、「阿弥陀」ではない。しかし、不動の姿が見えない。と思い、よくよく磐面を見ると、脇士の勢至菩薩の左下に、かろうじて不動明王と判別できる線刻が見える。いかにもアンバランスであり、追刻されたものであることは明らかである。

　しかし、磨崖仏の刻まれた巨巌の右に眼を転じると、不動の名の意味が理解できる。見上げると山腹に洞穴の口が見える。斜面をよじ登り洞穴に至る

▲耳だれ不動への祈り　日本人にとって、祈りの対象とするものの形状が、事物、事象に似ていることが、信仰への衝動となる場合が多い。耳だれ不動は、耳の病を連想させる自然形状から始まり、功徳を強める供物として、「耳を通す」にかけた錐が選ばれた。

と、中はかなり深く、その最奥に祭壇の跡のようなものがあり、ここで何らかの祭りが行われていたことを示している。

既に、紹介したように、不動明王とは、命を生み出す男性象徴神である。男性象徴であるが故に、母性と結びつく。とするならば、この洞穴こそが、不動明王が宿る、母性の場と考えるべきであろう。だから「岩屋不動」の名前が生まれた。そして、更に眼を右に転じると、磐の間から水が湧き出、ここに「長島水神」という神が祀られている。そして、この湧水の周りには、平坦地が連続しているのが見える。今は遺跡と化してしまったが、ここには、不動寺、あるいは富川寺と呼ばれた寺院があった。ここまで辿って来てはじめて、富川磨崖仏に込められた祈りの意味と、その移ろいが見えてくる。

信楽川の流れを見おろす山腹から、清浄な水が湧き出ていた。これに気づいた人たちは、この湧水地に、恵をもたらすカミの気配を感じ、ここで祭りを始めた。やがて人たちは、この湧水の直ぐ上に天を衝くような巨巌が屹立し、その傍らに神秘的な岩屋があることに気づく。そして、この磐にカミが宿り、カミが持つ生み出す力、すなわち山の母性が、この岩屋に凝縮されていると感じ、ここを胎内に見立て、命を生み出す男性

▲**不動明王**　阿弥陀如来の耳だれが、耳だれ不動となっている。肝心の不動明王は、観音菩薩の傍らに申し訳程度に、小さく、浅く彫られ(上:白枠部)、その形状も判然としない。いかにも後付けである。

象徴をカミとして招き、更なる祭りを加えた。しかし、仏教が伝わり、仏像を拝む祈りを知ると、人々は、自然物に祈ることへの不確かさと不安を覚え、磐・岩屋・湧水に宿るカミを可視化させようとした。岩屋と湧水は、造形を施す対象となりがたいため、より目立つ巨巌にカミを顕現させようと考えた。しかし、磐に宿るカミの姿を見た者は誰も居ない。何かの形を参考にするしかない。この時に選ばれた神が、当時、最も人気の高かった阿弥陀如来だった。従って、顕現したカミの形は阿弥陀如来であるが、その本性は水・命を生み出す自然のカミであり、その仮託された姿として、不動明王という尊格が意識された。しかし、後に、阿弥陀を不動として祀る事へ矛盾を感じた人々は「これは不動なのだ」という言い訳のため、片隅にその姿を追刻した。やがて、磐に顕現した神に対する信仰は徐々に変容し、水が

▲岩屋　磨崖仏の左手の崖に、洞穴が開口している。この洞穴に、磨崖仏としての阿弥陀が刻まれる前から、不動明王が祀られていたとすれば、岩屋不動尊の名前も理解できる。母の胎内を連想させる横穴に、命を生み出す男性神である不動明王を祀るのは自然である。

染み出る姿が耳の病と結びつき、これを癒す神となる。磐に刻まれた阿弥陀仏は、浄土の神であり、病を癒す神ではない。現れたカミは仮に、阿弥陀の姿をしているものの、その本性は、命を生み出す絶大な力を持つ、自然のカミである。よって、人々は何の疑いもなくこの神に願いを託し、「岩屋不動」「耳だれ不動」として、信仰し続けている。

富川の磨崖仏、いや、岩屋不動を詣でる度に想う。日本人の信仰とは何と柔軟なのだろう。姿無きカミに仏の姿を与えても、その本質は日本のカミである。しかし、その姿に応じた仏式の祈りを捧げる事に、何の違和感も持たない。祈る心の奥底に、人智では計り知れない、変幻自在な力を持つ「自然」というカミを感じ取る心を持っている。だから、このような、しなやかな祈りが生まれた。これが、自然と共に歩んできた日本人の信仰の本質なのだ。明治の神仏分離により、無理矢理ねじ曲げられた日本人の信仰が、徐々にではあるが、本来の姿を取り戻しつつある。そんな気分にさせる聖地がここにある。

▲長島水神　岩屋不動の傍らからは水が湧き出、ここに長島水神なる神が祀られている。水は母性を思わせる磐の割れ目から湧き出ている。この水を生み出すのが、女神であることを想像させる自然造形である。拝殿には、鰐口と注連縄が何の違和感なく同居している。祈る者にとって神も仏も同体なのだ。

▼〈富川磨崖仏②〉大津市大石富川町　JR石山駅よりバス 鹿跳橋下車　徒歩30分　国道422富川磨崖仏より北にP　徒歩10分

三　金勝と狛坂磨崖仏
……水のカミが宿る山と磐

白洲正子はかくれ里を、**秘境と呼ぶほど人里離れた山奥ではなく、ほんのちょっと街道筋からそれた所に、今でも「かくれ里」の名にふさわしいような、ひっそりとした真空地帯があり、そういう所を歩くのが、私は好きなのである**〔かくれ里：油日の古面〕と記している。金勝の里は正しく、かくれ里の名に相応しい。名神高速道路の直ぐ横に、それこそ真空地帯のように静かな里の景色が広がり、古い文化財を伝える「大野神社」「春日神社」「善勝寺」「金胎寺」などの社寺が次々と現れる。これらの社寺はいずれも、里の背後に連なる金勝山、そして、龍王山に対する信仰に源を発している。神と仏が、政治的に分離された現在ではあるが、大野神社の境内には、平安時代の十一面観音を祀る堂が残されている。ここには、日本の水の神である龍神と、仏教の水の神で

▲**金胎寺阿弥陀三尊**　金胎寺の本尊は、平安時代後期に生まれた阿弥陀三尊で、これを同時代の二天が護っている。丸く張り詰めた、童子を想わせる中尊のお顔は、如何にも、平安貴族が好みそうな美仏である。

▲大野神社楼門　楼門は、天台系の寺院や神社に多く造られた建築で、近江には特に多く見られる。大野神社楼門は、近江最古の楼門で、繊細で優美な姿が、鎮守の森にとけ込み美しい。

ある十一面観音とが、為政者の思惑など素知らぬ顔で同居している。

金勝の里の最奥にある寺が金胎寺である。白洲正子は山上の金勝寺を詣でるため、その鍵を預かる金胎寺を訪れた。『かくれ里』には金胎寺の事は少しも触れては居ないが、ここには、「優美」という詞が形となった、と思わせる、平安時代末の阿弥陀三尊と、二天像が伝えられている。

金勝寺は、その名が示すとおり金勝の中心となる

▲金胎寺参道　金胎寺は金勝寺の別院の一つであるが、現在は、阿弥陀如来を本尊とする浄土宗寺院となっている。樹木に囲まれた参道が山の寺らしく美しい。

寺院で、金勝寺文化圏とも言うべき、広い宗教圏を形成している。開基は、東大寺の建立に力を尽くした良弁と伝えられている。金勝寺は、良弁を重用した聖武天皇との関係からか、奈良との繋がりの強い寺院であったが、後に、天台宗の中に取り込まれ、現在に至っている。確かに、本堂は、金勝の里ではなく、遠い奈良を見ているようにも見える。山中には広大な伽藍が広がり、古い神像、仏像が多数伝来している。中でも白洲正子を感動させたのは二月堂に安置されている軍荼利明王(ぐんだりみょうおう)の立像である。**朽ちかかった本堂の中には、釈迦如来が端坐し、横手のお堂には、巨大な軍荼利(ぐんだり)明王が、腕を組み、物凄い形相で見下ろしている。四メートルもある一木造りの彫像で、昔はたくさんあった堂塔の中に、このような群像が並んでいたのであろう。金勝寺は奈良の都の鎮護の寺であったというから、このような仏像**

▲金勝寺山門と本堂 金勝寺の参道を暫く歩くと山門に至り、その奥に本堂が見える。かつては大いに栄えた寺院であったが、今は静かに、そして周囲の山に溶け込み佇んでいる。

▲軍荼利明王像 小さな二月堂に3.6ｍもの巨像が立ち、物凄い形相で、参拝者を見下ろしている。本来、五大明王の一躯として、祀られることが多いが、この像は単独で建立されたと考えられる。日本のダビデ像とも言われる。（金勝寺提供）

を置いたのだろうが、ただ一つ残る明王だけ見ても、当時の壮観がしのばれる〔この項の引用は全て、かくれ里：金勝山をめぐって〕。この日本のダビデ像とも評される巨像は、見る者を圧倒する迫力で参拝者を迎えてくれる。

さて、白洲正子が金勝の里を訪れた目的は、狛坂磨崖仏を拝する事にあった。**近江の狛坂廃寺というところに、美しい磨崖仏があることを、私は二、三の友達から聞いていた。が、どの辺にあるのか、誰もはっきりとは教えてくれぬ。教えないのではなく、いえないらしい。それ程厄介な山奥にあるので、行ってみたいのは山々だが、何かいい機会があるまで私は待つことにした。**金勝寺まで来て狛坂磨崖仏に続く道を見るが、その道は荒れ果て、**とても歩けるような所ではない、また別な機会に、麓から迂回した方がいいといわれる。みすみす目の前に**

▲磨崖仏への道「龍王山龍王社」　金勝の里を護る龍王山の山頂に鎮座する神社で、その名の通り龍神、すなわち水の神を祀る。金勝の里の雨乞いの神としても信仰を集めてきた。

▲磨崖仏への道「茶沸観音」　龍王山から狛坂磨崖仏に至る道沿いにある、小さな磨崖仏。名前の由来は解らないが、道行く人が体を休め、茶を喫する適所にあるから、かも知れない。

▲磨崖仏への道「重ね磐」　狛坂磨崖仏に向かって下る山道の傍らにある、巨巌の重なりである。その一部に、阿弥陀如来が線刻されている。

▲狛坂磨崖仏　龍王山から続く尾根を一気に降ったところに狛坂寺の跡があり、寺跡に対面するように狛坂磨崖仏が坐す。狛坂寺自体が、この磨崖仏を本尊としていたのかもしれない。日本の造形とは何か異なる、大陸の空気が漂っていることを感じさせる。中央の三尊が最初に刻まれた仏で、周辺の小さな仏たちは鎌倉時代に追刻されたものとされている。追刻は磨崖仏に多く見られる様態で、中尊が決して確定された存在ではないこと、すなわち、磐中に宿るカミの姿が、万人が納得する形として現れたのではないことを示している。だから、別のカミを感じた者は、遠慮がちではあるが、その想うカミを付け加えていった。

▲磨崖仏の前の溝　磨崖仏が意味もなく刻まれたわけではない。磨崖仏の前には明らかに人工的に整備された溝が走り、ここを水が流れていた。そしてその源には母性を象徴する磐座が見える。

見ていながら、いかにも残念な気がしたが、いわれることはもっともなので、その日はあきらめて帰ることにした。

そして何年かが過ぎ、**今年の春、私は、やっとのことで狛坂廃寺を訪れることができた。私の願いを知っていた友人が、その辺の地理に詳しいお嬢さんを紹介してくれたのであると、**念願の狛坂磨崖仏に向かうことになるが、その道は、金勝寺から龍王山を経て狛坂廃寺に下る道ではなく、上桐生から川を遡るコースだった。川を越え、草をかき分け、磐をよじ登り、やっとの思いで磨崖仏に出会う。**磨崖仏は、聞きしに優る傑作であった。見あげるほど大きく、美しい味の花崗岩に、三尊仏が彫ってあり、小さな仏像の群れがそれをとりまいている。奈良時代か、平安初期か知らないが、こんな迫力のある石仏は見たことがない。それに環境がいい。人里離れたしじまの中に、山全体を台座とし、その上にどっしり居坐った感じである。周囲には、僧坊の石垣の跡が残り、かなり大きな寺だったことがわかるが、金勝山の別名が狛坂寺であることを思うと、ここが奥の院であったかも知れない。狛坂というからには、帰化人が領した土地で、朝鮮の景色も、私は知らないがこの辺の岩山に似ているのではないだろうか。**

狛坂磨崖仏は引用の通り、平安時代初め、もしくは奈良時代の作とされていたが、近年の研究では、白鳳期まで遡るのではないか、という説も出されている。そうすると、日本最古級の石造仏ということになる。高さ6m余りの巨磐に、弥勒如来とも言われる三尊仏が、大きく刻まれるが、その像容は類例が無く、大陸的な雰囲気を強く漂わせる。この三尊の周囲の小さな仏たちは、鎌倉時代の追刻である。磨崖仏を、「山全体を台座とし、その上にどっしり居坐った」と、表現したのは、この巨巌が、そのまま山のカミの宿る磐座であることを感じ取ったからなのであろう。

金勝の山は、巨巌が累々と折り重なる岩山であ

▲生まれた水が養いそして琵琶湖に　磨崖仏の前を流れた細流は、草津市域を涵養する草津川となり、琵琶湖に入る。狛坂寺跡から木の間越しに西を見ると、草津市街、琵琶湖、そして比叡山が見える。

り、その気になれば、どの岩にでも仏が刻めそうである。それなのになぜ、この磐に磨崖仏が刻まれ、寺が置かれたのだろうか。磨崖仏の正面をよく見ると溝が掘られている。現在は、水が涸れていることが多いが、磨崖仏から少し降ると水が染み出、やがて筋となり、流れとなり、そして草津市域を涵養する草津川となり、琵琶湖に至る。狛坂廃寺から木の間越しに西を見ると、眼下に草津の平野が広がっているのが見える。

　磨崖仏に戻り溝の上流を見ると、この溝は、巨巌に開いた割れ目に続いている。この母性を連想させる磐が、実は、草津川の源流なのである。古草津人は、命を育む草津川の源を求めて川を遡り、この母性の磐座に辿り着く。ここで、その傍らにそそり立つ巨巌を見、水をもたらすカミの宿りを感じた。そして、このカミを仏の姿で現し、水の恵に対する感謝を、祈りとして捧げた。これが渡来人であったとしたら、その姿は、父祖の思い出を秘めた、大陸の仏の姿をとったことだろう。そして、仏となった神を祀るために寺が開かれた。おそらく、樹木が今よりもっと少なかった時代、草津の平野からは、水源に宿る神を祀る寺が遠望されたに違いない。〝あそこに暮らしと命を護る神が坐す〟そして、神への祈りは、途絶えることなく捧げ続けられて来たが、やがて仏を護る寺は廃されてしまった。

　今、狛坂磨崖仏は、ひっそりと山中に佇んでいる。水に対する感謝、水をもたらす山に対する祈りが途絶えかけた今、磐に宿る神はその役目を失い、再び、自然の中に戻ろうとしているように見える。そしてカミを忘れ、自然を恐れぬ人と、その未来が残されるのか。

▼〈大野神社⑭〉栗東市荒張896　JR草津駅よりバス コミュニティセンター金勝下車　徒歩15分　栗東ICから車で10分　▼〈金胎寺⑮〉栗東市荒張398　JR草津駅よりバス コミュニティセンター金勝で乗り換え 成谷下車　徒歩10分　▼〈金勝寺⑯〉栗東市荒張1394　JR草津線手原駅からシャトルバス 金勝寺下車（季節運行）　▼〈狛坂磨崖仏⑰〉栗東市荒張　県道12号 金勝山県民の森より林道 馬頭観音Pよりトレッキング90分

四　岩根山の摩崖仏……水源を護る磐の仏

水口の西北、東海道にそって、あまり高くない山がつづいており、この丘陵を「岩根」と呼ぶ。高くはないが、奥深い森林地帯で、すぐそばを東海道が走っているのが、別の世界のように見える。その名のとおり、岩石の多い所で、山中には善水寺という寺があり、石仏がたくさんかくされている〔近江山河抄：近江路〕。

善水寺は、その名の通り「善き水」に由来する寺院である。寺伝に拠れば〝桓武天皇が病を患った時、最澄がこの地で祈り、湧き出た水を差し上げたところ、天皇の病は忽ちに癒えた。よってここに善水寺が建立された〟そして、本尊として、水との関わりの深い薬師如来が祀られている。明治時代に、御本尊を修理した際、胎内から、麻の袋に詰められた大量の稲籾が見つかった。なぜ、稲籾を仏の胎内に納めたのか。その理由はいろいろと考えられ

▲善水寺本堂　善水寺本堂は、中世の密教建築を代表する豪快な建物である。本尊は稲籾という命のエッセンスを胎内に込めた薬師瑠璃光如来である。

▲善水寺から湧き出る霊水　最澄の祈りにより湧き出た水が、桓武天皇の病を癒し、ここに薬師瑠璃光如来が祀られた。まさに、琵琶湖を巡る水の神々の物語世界がここにある。

◀善水寺磨崖不動　本堂を少し降った所に眼を見はるような大磐があり、よく見ると、この磐の頂上付近に小さな不動明王が刻まれている（左上・白枠内：不動明王像を拡大）。そしてその足下には横穴が。この造形は命を生み出す母性と、これに関与する男性力としての不動明王を表したものなのだろう。

るが、一粒の稲籾には、幾千もの稔を生み出す力が籠っている。この力を、木彫としての薬師如来に込めることにより、命宿る生きた神を創造しようとしたのではなかろうか。

岩根山には、カミと仏との交渉と融合の様を示す造形が、数多く残されている。善水寺本堂を少し降ったところに巨大な丸い磐があり、ここに小さな不動明王の磨崖仏が刻まれている。不動を見上げ、ふと、視線を足下に移すと不思議なものが見える。丸い穴が意味ありげに穿たれているのである。この穴があることにより、丸い大磐が、あたかも、妊娠した女性のお腹にも見えてくる。ここに、再三紹介している、男性象徴としての不動明王が刻まれているのである。そして、この磐の元から、谷と流れが始まる。あたかも、この磐が、里の水を生み出す母性を象徴しているように見える。

また、善水寺から東に下った渓流沿いに、岩根不動寺が建っている。この寺は、流れを見下ろすよう

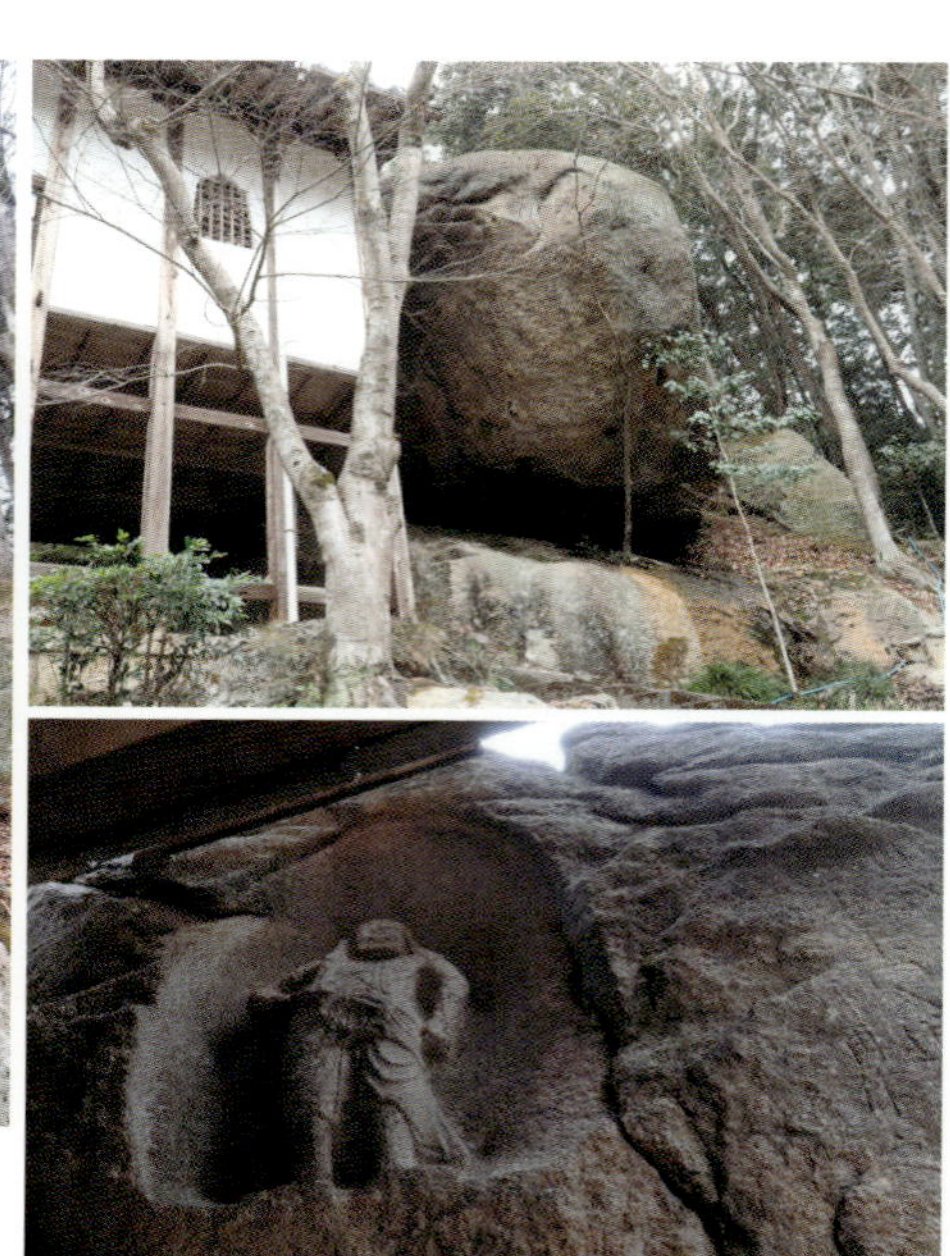

岩根磨崖不動尊　不動明王は巨巌の先端に刻まれている。本堂は、不動の位置まで礼拝者を上げるため、懸け造りとなっている。

に屹立する巨巌に彫り込まれた不動明王を本尊とし、磨崖仏に張り付くように、懸け造りの本堂が建っている。本堂というよりは、磨崖仏を拝するための拝殿といったほうが相応しい。不動明王が彫り込まれた巨巌は、地に根を下ろした岩盤の上に乗っている。そして不動を支える岩盤には、妙に生々しい、女性性器型の岩脈が浮き上がっている。自然の造形ではあるが、ここに男女和合による命の生み出しを感じ、男性象徴としての不動明王を招いたのであろうか。

岩根山中には、『かくれ里：石をたずねて』の中で「花園山中の不動明王」として紹介されている磨崖仏もある。山の中腹に、渓流を見おろす様に屹立する巨巌があり、ここに、高さ4m余りの不動明王の巨像が刻まれている。この像にも〝里へ水が豊に、そして絶えることなく流れますように〟との願いが、込められているのであろう。この不動明王は、江戸時代の作とされる。不動が刻まれた磐は、言う

▲花園の不動磨崖仏　巨大ではあるがややぎこちない姿は、江戸時代の時代性が現れているのだろう。ただ、ここで感じなければならないのは、作品としての優劣ではなく、造形に込められた、水の生み出しに対する真摯な祈りの発露、である。磐に宿るカミに姿はないのだから、現れた形の優劣には、本質的な意味はない。

までもなくカミ宿る磐座である。ここに、水を生み出す神としての不動明王を顕現させようとする心象が、連綿と受け継がれていることが実感される。

場所は離れるが『近江山河抄：鈴鹿の流れ星』の中で、「天狗のような不動様」と紹介している、甲賀岩尾山息障寺の磨崖仏も、水源の山肌に、不動明王の姿を借りて現れた、水を生み出すカミの姿なのだろう。

大地に刻まれた磨崖仏たちは、今も里の暮らしと、琵琶湖の水源を護り続けている。

▼〈善水寺⑲〉湖南市岩根3518　JR草津線甲西駅よりバス岩根下車　徒歩10分　県道13号もしくは県道27号より善水寺　▼〈岩根不動寺・磨崖仏⑳〉湖南市岩根3480（JR最寄駅：草津線 甲西駅）　県道13号 小砂町より西に入る　▼〈息障寺㉒〉甲賀市甲南町杉谷3774　県道132号大沢池より息障寺方面に

▲息障寺磨崖仏

五　志賀の大仏（おぼとけ）

……街道を護る磐の仏

摩崖仏が、大地に根を下ろした磐に刻まれた造形とするならば、石仏は、移動可能な岩に刻まれた造形である。多くの場合、その名の通り仏教的な造形となるが、その裏に潜んでいるのが、磐に宿る日本のカミであることは、摩崖仏と変わらない。**近江には、優れた石仏が多く、狛坂廃寺の石仏（奈良時代）をはじめ、花園山中の不動明王（鎌倉）、比叡山西塔の弥勒（みろく）菩薩（鎌倉）、鵜川の四八体仏（室町）など、それぞれの時代にわたって、美しい作を見ることが出来る**（かくれ里：石をたずねて）。この内、狛坂廃寺の石仏・花園山中の不動明王は、磨崖仏として紹介した。

数ある近江の石仏の中で、志賀の大仏は、群を抜いて素晴らしい作である。大きいから？　古いから？　美しいから？　愛らしいから？　いや、そのす

▲**志賀の大仏**　巨大な花崗岩に半肉彫りされた阿弥陀如来。お顔に対して、胴体部がやや小さいため、ややアンバランスな感じがもあるが、像の前に座して拝すると、仏の大きな慈悲が、頭上から降り注がれるのを感じる。

べてが当てはまる。**中でも目立つのは、道ばたにある弥勒菩薩の石像で、土地の人は「おぼとけさん」と呼んでいる。**おぼとけは、**大仏**だろうが、「**おとぼけさん**」といいたくなるような**表情**で、**近江を歩いていると、時々このようなものに出会えるのがたのしい。ふっくらとした彫りが美しく、おつむの後ろに雑草が生えているのも、場所がら有がたい心地がする**〔近江山河抄：大津の京〕。

志賀の大仏は、琵琶湖の要港として栄えた坂本と、京を結ぶ山中越の、近江側の入り口に坐している。像の拝殿は、地元の方々の手により、何時も掃き清められ花が供えられており、おぼとけ様に対する信仰が、今も生き続けていることが実感される。

像は鎌倉時代初期に刻まれた高さ3ｍを超える、

▲堂の背面　おぼとけ様は、長方形の大磐に刻まれている。この唐突な姿は、この磐が、大地に根を下ろしたものではない事を示している。それにしても、この磐を運ぶエネルギーはどこから生まれたのだろうか。

▲山中町の阿弥陀仏　山中越は志賀大仏を超えると、志賀峠の難所に差し掛かり、ここを越えると山中町に至る。ここの西教寺に、やはり鎌倉時代に造られたとされる阿弥陀石仏があり、道を見つめている。

巨像であるが、路傍に唐突に立っていることから、大地に根を下ろした磐ではなく、どこからか運ばれてきた磐に刻まれたのであろう。白洲正子が紹介しているように弥勒菩薩とされることも多いが、正式には阿弥陀如来の像である。丸く張り詰めた、果実を想わせるお顔に浮かぶ微笑みが魅力的であるが、光の加減では厳しく、あるいは、愁いを含んでいるお顔にも見える。何度拝んでも見飽きることのない方である。

この像が何のために、ここに建立されたのかは明らかではない。山中越の途中にある山中町、そして終点の京都北白川にも、ほぼ同年代の阿弥陀如来の石仏が安置されていることを想うと、山中越の往来安全を祈念して、建立されたものなのだろう。

浄土の盟主である阿弥陀如来に、往来の安全を託すことは、仏教の教義に照らせば違和感があるが、この微笑みの裏に、融通無碍な八百万の神のお一人が宿っていると考えれば、それも許されるように思えるから不思議である。

おぼとけ様のお堂に座り、ぼーっと拝んでいると、思わず時を忘れてしまう。如何にも、カミ・仏と共に居る、という安心感に包まれる空間がここにある。

▼〈志賀の大仏㊲〉大津市滋賀里 京阪電鉄 石坂線 滋賀里駅下車徒歩20分（ＪＲ最寄駅：湖西線 唐崎駅） 県道47号滋賀里駅より西に入る

▲北白川の阿弥陀仏　山中越が京都に入る出口に、やはり阿弥陀仏の巨象が坐す。幾度もの災厄を潜り抜けてきたためか、像の表面は焼けただれ、象容も判然とせず、いつの間にか子安観音に変身してしまった。像は変わっても、中に籠もるカミは変わらない。

六　鵜川四十八躰仏と慈眼堂
……変る形、変らざるカミ

琵琶湖の西岸を通る西近江路は、白鬚神社を過ぎると、明神崎の尾根を越えるため、湖から少し離れる。ここに、街道を見つめるように、四十八躰ものの阿弥陀如来の石仏が坐していた。と、過去形にしたのは、十三躰が江戸時代の初めに、延暦寺の復興に力を尽くした天海(てんかい)僧正により、大津市坂本の慈眼堂に移され、さらに近年、一躰が何者かに持ち去られ、現在、三十三躰しか残っていないためである。

これらの阿弥陀仏たちは、戦国時代末に、対岸の観音寺城主であった、近江守護六角義賢(ろっかくよしかた)が、亡き母の菩提を弔うため、観音寺城から見て西方浄土に当たるこの地に建立した、とされていたが、近年の研究では、これよりも少し時代が遡るのではないか、と考えられるようになってきた。阿弥陀仏は、いずれも花崗岩の厚板から彫り出されているため、膝前

▲鵜川四十八躰仏　ほぼ同型同大の阿弥陀石仏が、三十三躰ここに並んでいる。誰が何の目的でこれらの像を建立したのかは明らかではない。ただ、像が琵琶湖と西近江路を見つめている事を考えれば、往来の安全を祈る心象が込められているように感じる。ここは、実質上の滋賀郡と高島郡の境に当たる。境目を護るため迎えられたのかも知れない。

の表現がほとんど無い。これは、同時代の神像彫刻によく見られる形状に共通する。これらの群像の彫刻技法はほぼ共通する。しかし、その表情は全て異なり、見飽きることがない。また、板状の像を地に据えただけであるから、あるものは前傾し、あるものは後ろに傾き、決して整然と並んでいるわけではない。しかし、かえってこの事により、後ろの阿弥陀が、前の阿弥陀に何か囁きかけているようにも見える。「おいおい、何か変な奴が来おったで」「ほんまやな、儂等に何を頼もとしてるんやろ」。

本来、一躰でもその功徳を発揮する阿弥陀如来を、四十八躰も造像したのは、阿弥陀四十八願を具体的に表し、より大きな功徳を得ようとした心象に基づくのであろう。しかし、仏教的に阿弥陀の功徳を求めるのであれば、一躰で事足りるはずであるし、天海僧正が、全ての阿弥陀ではなく、十三躰だけを移したというのも解せない。

ここで、この仏たちが、石に宿るカミの姿を現した、と考えたらどうだろう。より多くのカミの力を期待するのであれば、多くのカミを招く必要がある。そのためにカミ宿る石を複数集め、カミの姿として、阿弥陀の姿を借りて表現した。そう考えれば、四十八とい

▲石仏のひそひそ話　石仏は基礎をしっかり造って据えたわけではないので、前後に傾いてしまった。なにやらひそひそ話をしているようにも、疲れて居眠りをしてしまっているようにも見え、面白い。

う数字にはさほど意味はなく、多くのカミを招くための方便として選ばれた数字と解する事もできる。だからこそ天海は、十三という控えめな数のカミをこの地からお裾分けして貰い、比叡の麓に招いたのだろう。

では、この阿弥陀の形をしたカミに人々は、どのような祈りを託したのだろうか。それはもはや判らない。しかし、像は全て琵琶湖に面して安置されている。そして、移された慈眼堂の像も全て、琵琶湖を見つめるように安置されている。琵琶湖に対する何か切実な想い、それは命を潤す水に対する想い、あるいは、水の路としての琵琶湖に対する想い、であるかも知れない。

この石仏が移された慈眼堂は、白洲正子が『かくれ里：石をたずねて』のなかで賞賛した、穴太衆積の石垣、そして日吉三橋等の優れた石造物が伝えられる坂本の一角にある。慈眼堂には、代々の天台座主の墓石をはじめ、桓武天皇、後水尾天皇、徳川家康等、延暦寺の開基と復興に力を尽くされた方々の巨大な供養塔が林立し、独特の雰囲気を醸し出している。ここに遷された鵜川四十八躰仏の一部は、これらの石塔を見おろす上段の区画に、一列に並べて安置されている。

ここに据えられている石塔は、いずれも、巨大ではあるが違和感がある。それは、多くの石塔が、由来の異なる部材を寄せ集めて造られているからである。例えば、紫式部、和泉式部の供養塔は、巨大な五輪塔の水輪の上に直接、空風輪が乗っている。清少納言の供養塔は水輪の上に宝塔の屋根が乗っている。これらは、本来の石塔が崩れた後、部材を拾い集め、組み合わせたものに相違ない。これらの部材の由来について誰も語ってはくれないが、それぞれが、中世に遡る堂々とした石塔の一部であることは間違いない。これらが何らかの災厄、恐らく元亀二年（1572）の織田信長による坂本焼き討ちで破壊されたのだろう。そして散々になった部材たちが、

▲慈眼堂の四十八躰仏　延暦寺の復興に合わせ、何を思ったのか天海は鵜川四十八躰仏から、十三躰の阿弥陀仏をここに移した。移された仏たちは、慈眼堂の一等地に一列に並び、琵琶湖を見おろしている。

延暦寺、そして坂本の復興に際して寄せ集められ、奔放な組み合わせによる石塔が誕生した。これらの塔には「この種の塔はかくあるべき」といった教義的なものは、少しも感じられない。では、なぜこのような塔が組まれ、供養を担っているのだろうか。それは、施主には各石塔の部材が、単なる石材ではなく、その一つ一つにカミが宿っている、と、感じられたからではないだろうか。部材という石に宿る

▲慈眼堂の供養塔　慈眼堂横には様々な供養塔が林立し、異空間を造り上げている。中央の白く光る巨大な宝塔は、桓武天皇の供養塔であるが、何か変である、軸部の部材が足りない。手前の層塔も相輪が足りない。

カミが、どのようなカミなのかは判らない。しかし、それはカミであるから、大切にして差し上げれば、何か功徳があるだろう。そんな心象が働き、寄せ集めの塔ができたのだろう。石は単なる素材ではなかった。**彼ら**（古代の人々）**は自分の生活を支えてくれる石や木を神と崇め、素材に問い、素材から啓示を受けた。そういう心を失って以来、別の言葉でいえば、素材が単なる材料と化した時、彼らの技術も低下したのである**（かくれ里：石の寺）。

自然から生み出されたモノには、カミが宿るという日本人の心象を、慈眼堂の石造物たちは、少しユーモラスに語りかけている。

▼〈鵜川四十八躰仏㉚〉高島市鵜川 JR湖西線 近江高島駅下車 徒歩20分 国道161号白鬚神社付近から旧道に入る。大型車不可 ▼〈慈眼堂㊳〉大津市坂本4・6・1 京阪電鉄 石坂線 坂本駅下車 徒歩10分（JR最寄駅：湖西線 比叡山坂本）県道47号観光P下車 徒歩1分

▲寄せ集めの塔たち この区画の北端には、目を疑う珍妙な石塔群がある。それぞれの部材は巨大で丁寧な造りであるが、全くバラバラの部材が組み合わさっている。しかも、女流文学者の名前が冠されている。誰が、何時、これらを組み合わせたのか解らない。ただ、目的、きっかけはどうあれ、組まれた石塔が、信仰の対象となっていることは間違いない。形ではないのだ。石の中に潜む気配が祈りを呼ぶのだ。

七　廃少菩提寺石多宝塔

……カミに戻る石たち

不動磨崖仏を紹介した岩根山の西に峨々と聳(そび)える山が、菩提寺山である。野洲川を挟んで南に聳える、金勝山(こんぜやま)の金勝寺(こんしょうじ)を大菩提寺と言うのに対して、少菩提寺と呼ばれていたが、御多分に漏れず信長の焼き打ちに遭い廃寺となったので「廃少菩提寺」と呼ばれている。大いに栄えた寺院であったが、今は、山中に残されている石造物たちが、その繁栄の様を伝えているだけである。この中で、白洲正子を感動させたのが石造多宝塔である。**中でも少菩提寺跡の石塔はみごとなものである。高さ四・五五メートルの大きさで、仁治二年（一二四一）の銘がある。見なれぬ形なので、寄せ集めかと思ったが、そうではなく、近江に特有な二重の多宝塔であるという。**

▲廃少菩提寺石多宝塔　宝塔に裳階を付けた塔を多宝塔という。木造の作例は多いが、石造多宝塔は極めて少なく、石造物の宝庫と呼ばれる近江にすら、湖南市長寿寺の境内に一基あるのみである。二軒屋根を小さくしたため、全体に華奢な印象を受けるが、下から見上げると、天に向かって颯爽と伸び上がる若々しい力を感じる。

▲廃小菩提寺地蔵石仏　多宝塔の横に安置された三体の地蔵菩薩で室町時代の作とされる。細長い磐を舟形に彫り窪め、その中に地蔵を肉厚に彫りだしている。当初から一具の像であったかは解らないが、今の姿に何の違和感もない。

▲廃少菩提寺閻魔石仏　室町時代の制作されたと考えられる石仏で、閻魔大王を中心に左に阿弥陀如来、右に地蔵菩薩を陽刻する。地獄の恐怖と、浄土への憧憬を一石の中に刻み出した。

いい味に風化しており、その背後に菩提寺山が深々と鎮まっているのは、心にしみる風景である〔近江山河抄：近江路〕。多宝塔とは、密教を象徴化した建造物である宝塔の軸部に、裳階（もこし）を付した造形で、木造多宝塔としては、石山寺多宝塔をはじめ、多くの作例があるが、石造は極めて少ない。

かつて、この多宝塔は、大伽藍に取り囲まれ、堂々と建っていたのであろう。しかし、今、空と山を背景に建つこの石の塔からは、仏教の香りは、微塵も感じられない。孤高、という表現が相応しいその姿は、仏の中に取り込まれていた石に宿るカミが、時の荒波により仏の衣を洗い流され、再びカミとしての気配を発露させているように見える。人が創りだした仏の命は、人が奉仕しない限り続かない。対して、元々自然の中に宿るカミの命は、人の存在とは関係なく、無限なのだろう。その無限の時の流れを、この石の塔は感じさせる。

▼〈廃少菩提寺㉖〉湖南市菩提寺　JR草津線 石部駅より徒歩30分　県道27号菩提禅寺付近

八　石塔寺石造三重塔

……風土に融け込む異国

近江の石造美術をこよなく愛した白洲正子であったが、石の美に目覚めるきっかけとなったのが、石塔寺石造三重塔との出合であった。**石塔寺へ最初に行ったのは、ずいぶんの前のことだが、あの端正な白鳳の塔を見て、私ははじめて石の美しさを知った**〔かくれ里：石をたずねて〕。そして、この塔の美しさを、**私は日本一の石塔だと信じている**〔近江山河抄：近江路〕・**特にみごとなのは石塔寺に建つ三重塔であろう**〔美しいもの：木と石と水の国〕と絶賛している。

この塔は、一見して日本の塔ではないと感じる。**寺伝によると、この石塔は、天竺の阿育王が、釈迦の供養のために塔を造り、その一つが日本へ飛来して、この地に落ちた。以来、地下に埋もれていたのを、いつの頃にか掘り出したという**〔かくれ里：石をたずねて〕、と紹介しているように、寺伝では、インドの塔としているが、明らかに朝鮮半島系の造形である。

近江は大陸、特に、朝鮮半島との関係の深い国である。大陸から日本海

▲石塔寺石造三重塔　我が国の石造三重塔としては、最も大きく、最も古く、おそらく最も美しい。残念ながら相輪より上は失われ、後補となっている。この塔に関しては青空がよく似合う。青空を背景にすっくと立つ姿は溌剌とした精気に溢れる。特に長い石段を登り詰め、空を背景に塔だけが映えた姿は、息を呑むような美しさである。

に漕ぎ出た船は、潮流に乗り若狭・越前・能登の海岸に漂着する。ここから大和を目指そうとする時、必ず通るのが近江である。大陸から日本への渡来の波は、幾度となく繰り返しやって来た。中でも、五世紀から六世紀にかけて、大量の技術集団が日本に渡来したとされる。また、七世紀代には、百済滅亡に伴い、多くの人たちが日本に渡来した。これらの渡来人たちは各地に集住したが、とりわけ多くの渡来人集団が暮した国が近江である。特に『日本書紀』には、天智天皇が、七百人あまりの百済からの渡来人を、石塔寺のある蒲生の地に住まわせたと記されている。このことから、石塔は、この時に近江に移り住んだ百済系渡来人の手によるものとされている。しかし、制作年代は天智天皇の時代からやや降る事から、渡来一世の手になる作ではなく、二世、ないし三世の作として考えるのが妥当であろ

▲三重塔和様　この塔は一見して日本のものでないことが解る。しかし、外国から直接もたらされたものでないことも、一見して感じる。程よく角の取れた軸の部分、柔らかに、座布団のように膨らんだ屋根。直線で構成されているように見えるが、実は全て曲線により構成されている。これが日本の風土の力なのだろうか。

▲三重塔へ向かう参道　石塔寺石造三重塔は、布引丘陵の尾根上に建っている。従って、塔を拝するためには、長い石段を登らなければならない。この石段は昭和に入ってから石塔寺を整備する気運が高まり、地元の人の手により整備された。

▲集まった石造物群　三重塔の周りには、実に夥しい数の小石造物が集積している。これらは室町時代を中心に、近江で爆発的に流行した、追善供養のために供えられた石造物である。祖先に対する祭祀が忘れられると、石造物たちは放置され地に埋もれる。これらが、たまたま掘り出され、扱いに窮し、結果として、ここに集められた。それは、仏の役割を終えた石に宿るカミが、人を操り、三重塔という大きなカミの元に寄り集った姿にも見える。

う。**朝鮮系の石工が造ったことに間違いはないが、朝鮮にある塔とは微妙な違いがあり、日本の美術品と解してさし支えないと思う。**どこが違うとはっきりいうことはできないけれど、**全体の感じが柔らかく、しっとりとして、たとえば高麗の茶碗に似た味わいがある**〈近江山河抄：近江路〉。そして**歴史や風土が人間に及ぼす影響を今さらのように痛感した**〈かくれ里：石をたずねて〉。

わずかの時間が異国の造形を日本の造形に変えてしまったのである。いや、時間が変えたのではなく、日本の風土がそうさせたのである。

風土とは言うまでもなく、日本の自然であり、その自然に宿るカミの息吹でもある。渡来した工人の末裔は、父祖の地を想い、この地に渡来した事のモニュメントとして、この三重塔を刻んだのだろう。しかし、三重塔の素材とした石の中に日本のカミが宿り、異国の形に変容する事を拒んだ。石を刻み始めた工人たちは始め「何か違う。想いが形とならない」と焦ったかも知れない。しかし、やがて「そうか、この柔らかなふくらみも、蒲生の空によく合うではないか。これで良いのだ」と納得し、改めて、日本の石と向き合ったのではなかろうか。

こうして生まれた三重塔は、日本の自然・風土というカミが宿る造形であるが、群を抜いて大きい。大きいものには力の大きなカミが宿る。そのためであろうか、この三重塔を中心として、何万という小さな石造物が集められ、壮観な景観を造りだしている。いずれも中世以降に、供養のための墓石として刻まれたものたちだが、時に流され、地に眠っていたものが掘り出され、そして、ここに集まった。無論、集めたのは人間であるが、私には仏塔・石仏としての役目を終えた石に宿る小さなカミたちが、大きな三重塔のカミを慕い、寄り集ってきたように見えてならない。

▼〈石塔寺石造三重塔㉘〉東近江市石塔町８６０　🚃近江鉄道 桜川駅下車 徒歩30分　🚗県道46号石塔寺

九　関寺の牛塔（うしとう）

……柔らかく暖かい石の造形

石塔寺三重塔を踏まえ、**これと匹敵するのは、逢坂山を越えた所にある、関寺の牛塔であろう。石塔寺との間には、約三百年のへだたりがあるが、ここにはもはや大陸の残り香はなく、完全に日本のものに化している。人工から再び自然に近づいたといえようか。はっきりした形は失ったかわり、茫漠とした大きさと、暖かみにあふれ、須恵器の壺に笠をのせたような印象をうける**〔かくれ里：石をたずねて〕。牛塔という変わった名前の由来は、〝逢坂越えの入り口にあった、関寺という大寺を再興する際に活躍した、迦葉（かしょう）如来の化身とされた霊牛の供養のために造られた〟とされているが、真偽の程は明らかではない。

牛塔は、宝塔と呼ばれる形式の石塔である。宝塔

▲関寺の牛塔　京阪電車が音を立てて行き交う線路の側に牛塔が建っている。直ぐ近くまで人家が迫り、かつての関寺の面影はここには無い。小さな塔であれば移転も可能だったろうが、高さ3mを越える巨塔は移動することを拒み続けたのかも知れない。そう想わせるほど、大地に根を下ろした磐座のような塔である。

▲牛塔の屋根　軸の円筒は壺を想わせる。そう思うと屋根は壺の蓋であり、低い台も台敷きのように見える。六角、八角という形も、聖なるものを込めるには相応しい形である。牛塔は、何か、大切なものを込める容器として造られたように想える。

とは『法華経見宝塔品』に見える多宝如来・釈迦如来が座す塔を表現したものとされ、『法華経』を根本教典とする、天台宗の影響下で多く作られた塔である。そのため、天台王国とも呼ばれる近江には作例が多いが、他の地域では比較的作例の少ない、近江を特徴付ける石塔である。基本形は方形の台に円筒を二つ重ねた軸が乗り、ここに方形の屋根が乗り、相輪が立つというものである。しかし、この牛塔は八角形の台に、裾がすぼまった軸が乗り、屋根は六角形で、その上に宝珠が乗るという、全国的にも例のない独自の形に造られている。

この不思議な造形はどうして生まれたのだろうか。関寺には次のような縁起がある。**草創の時、天竺の雪山（ヒマラヤ）から、牛乳を将来し、金鶏の香合に入れて納めたので、牛塔と名づけ、そこを鶏坂とも呼んだという**（近江山河抄：逢坂越）。天竺から伝わった宝を収める容器が牛塔であるとすれば、この特異な形も理解できそうである。白洲正子が「須恵器の壺に笠をのせた」と表現しているのは正に、この縁起を踏まえての事と考えられる。さらに、鴨長明の『無名秘抄』に「関の清水」を案内してもらうシーンが記されている。「関寺より西へ、二、三町ばかり行て、道より北のつらに、すこしたちあがりたる所に、一丈ばかりなる石の塔有、その塔の東に三段ばかりくだりて、くぼなる所はすなわち、むかしのせきのしみづの跡なり」。この「一丈ばかりの石の塔」が牛塔を指す。縁起に言う「牛乳」とは命を涵養する、神がもたらした水を象徴している。そして、この塔は大津の水源でもあった「関の清水」を見おろすように建っていた。牛塔は、人々の命を護る大切なモノの入れ物、あるいは、大切なモノが宿る器として、ここに造られたのではないだろうか。茫洋としてつかみ所のない、しかし、柔らかに美しい牛塔を見つめると、ここに宿る、時の流れを超越したカミの、暖かな視線を感じる。

先人が造り、そして、伝えてくれた様々な文化遺産を、美術品として鑑賞することはとても楽しい。そこで終わっても何ら差し支えない。しかし、その中に込められた先人の想い、いや、その中に未だに宿る、何ものかの気配を感じ取ると、鑑賞は気づきを生み、その気づきが、自然の中で生きる人としての喜びと安心をもたらしてくれる。**私たちの祖先は、そうして何千年もの間、自然を神として敬い、畏れ、感謝しつづけて、その中から多くの芸術作品を生んだ。どれひとつとして自然の申し子でないものはない。彫刻は木理（もくめ）の美しさをたたえ、建築は立木（たちき）に似、陶器は新鮮な土の香りを発散する。人は己が恋心を草木に託し、美しい乙女を花の蕾（つぼみ）に例えた**〈美しいもの：木と石と水の国〉。そして鑑賞は祈りとなる。

▼〈関寺の牛塔㉝〉大津市逢坂2・3・23 🚃京阪電鉄 京津線 上栄町駅下車 徒歩5分（JR最寄駅：大津駅）▼〈蝉丸神社㉞〉大津市逢坂1・15・6 🚃京阪電鉄 京津線 上栄町駅下車 徒歩10分（JR最寄駅：大津駅）（㉝㉞とも交通量が多く車利用は不可）

▲関の清水　旧記に拠れば、大津の町の水源であった「関清水」は牛塔の近くにあったと伝えられるが、幾たびも変遷し、現在は牛塔のやや上手に鎮座する関蝉丸神社の境内にある。水は、カミの元から生まれ出るものなのだから。

▲蝉丸神社時雨灯籠　関蝉丸神社の境内に、鎌倉時代の作になる灯籠が建っている。火袋には正方形と円形の窓が開けられている。二つの窓を重ねると、この土地の神仏が経てきた、変わりゆくものと、変わらざるものが織りなす時の絵巻が、あたかも万華鏡のように煌めいて見えるような気がする。

出典

『かくれ里』新潮社、1971、新版2010／講談社文芸文庫、1991
『近江山河抄』駸々堂出版　1974、新版1983／講談社文芸文庫、1994
『西国巡礼』駸々堂出版　1974／旺文社文庫、1985／風媒社、1997／講談社文芸文庫、1999
『私の古寺巡礼』法蔵館〈法蔵選書〉1982、新版、1997／講談社文芸文庫、2000
『美しいもの　白洲正子エッセイ集〈美術〉』（青柳恵介編）、角川ソフィア文庫、2015
『白洲正子　祈りの道』（白洲信哉編）、新潮社、2010
『日本名建築写真選集　第7巻　西明寺・金剛輪寺』新潮社、1992
『風花抄』世界文化社、1996

本書を作成するにあたりご協力いただいた方〈敬称略〉
伊崎寺、金勝寺、金胎寺、寂光寺、長命寺、石馬寺、龍王寺、油日神社、日吉大社、甲賀市教育委員会、東近江市教育委員会、栗東市教育委員会、滋賀県立安土城考古博物館、重田勉、大沼直子

本書に使用した画像は、提供者名の無いものは全て著者が撮影した。

著者紹介

大沼 芳幸（おおぬま よしゆき）

略　　歴

1954年山形県新庄市生まれ。1982年私立佛教大学博士後期課程中退。1983年滋賀県教育委員会文化財専門職員採用、2011年滋賀県立安土城考古博物館副館長を経て、2015年より公益財団法人滋賀県文化財保護協会普及専門員。
2016年「琵琶湖八珍の取り組み」に対して博物館活動奨励賞受賞。

専門分野

琵琶湖をめぐる文化史を考古・歴史・美術・民俗・漁業・環境など幅広い視点から研究し、成果の普及活動を行っている。

主な著作

（単著）『琵琶湖八珍──湖魚の宴絶品メニュー』海青社、2017
（単著）『信長が見た近江──信長公記を歩く』サンライズ出版、2015
（共著）『おいしい琵琶湖八珍──文化としての湖魚食』サンライズ出版、2015
（共著）「琵琶湖沿岸における水田開発と漁業──人為環境がもたらした豊かな共生世界──」吉川弘文館「環境の日本史2」、2013

ほか

In the Footsteps of Masako Shirasu
A Contemplative Guide to the Spiritual Power Spots of Lake Biwa
Volume One: Southern Lake Biwa
by
OONUMA Yoshiyuki

しらすまさことあるくびわこ
白洲正子と歩く琵琶湖
江南編・カミと仏が融けあう処

発行日 ──── 2018年1月15日　初版第1刷
定　価 ──── カバーに表示してあります
著　者 ──── 大　沼　芳　幸
発行者 ──── 宮　内　　久

海青社
Kaiseisha Press

〒520-0112　大津市日吉台2丁目16-4
Tel. (077) 577-2677　Fax (077) 577-2688
http://www.kaiseisha-press.ne.jp
郵便振替　01090-1-17991

 ● ISBN978-4-86099-333-7　C0026 ● Printed in Japan